LIBRO UNO

¿LA ÚLTIMA LLAVE?

VIAJE AL NUEVO EDÉN

LIBRO UNO

¿LA ÚLTIMA LLAVE?

VIAJE AL NUEVO EDÉN

F. SEGOVIA

ola
PUBLISHING
INTERNACIONAL

Hola Publishing Internacional
Eugenio Sue 79, int. 4, Col. Polanco
Miguel Hidalgo, C.P. 11550
Ciudad de México, México

Primera edición, Marzo 2024
ISBN: 978-1-63765-559-7

Dedicado a todos aquellos que se sienten incompletos dentro de sí mismos.

No hay nada en la vida que no podamos lograr.

No importa quién seas, tu orientación sexual, religión u origen étnico, puedes ser tan fuerte como, e incluso más que, otros.

Celébrate a ti mismo. Sé tú mismo. Nunca cambies. ¡Persigue tu pasión! Vive tu vida libremente. Respeta a los demás como te gustaría que te respetaran a ti.

A todos mis amigos y familiares, ¡gracias por su apoyo!

Índice

Prefacio

La historia es ciencia ficción. ¡Los personajes de esta historia no representan eventos reales o eventos pasados! Los personajes no representan a nadie en el mundo real. La historia es sólo para entretenimiento. Cualquier coincidencia con el mundo real es sólo eso: una coincidencia.

Se utiliza un lenguaje obsceno, la historia sólo es adecuada para mayores de dieciséis años. El autor no discrimina a nadie por su religión, antecedentes o preferencia sexual. ¡Disfrútala!

Prólogo

La leyenda dice que la guerra exterminó a los hombres en una escala global de destrucción y que la codicia jugó un gran papel en la Última Guerra. ¡Las mujeres militarizan el mundo entero! Un brote viral mató a muchos en masa. Sólo un lugar secreto tiene la respuesta para restaurar la paz. Un hombre es la llave de la esperanza.

***

Era el año 2020, una guerra nuclear exterminó a todos los hombres tal y como los conocemos. O eso es lo que el nuevo ejército, dirigido por Ariana y su alianza, pensó.

Todo comenzó hace seis años. Los militares estaban dispuestos a sacrificar sus vidas en la guerra por una pizca de tecnología que revolucionaría el mundo para viajar al pasado y moldear la agenda gubernamental a su voluntad. La guerra fue tan ambiciosa que los hombres se traicionaron unos a otros por el poder. Sin remordimiento, la destrucción era inevitable.

Pero basta de hablar del pasado, el presente es la única amenaza para la existencia de John Peters. Corre un gran peligro, ya que el mundo que existe hoy está decidido a violar su derecho a vivir de la manera que él elija.

La persecución por parte de la Alianza Militar no cesó hasta el final de la guerra.

CAPÍTULO UNO

LA ÚLTIMA GUERRA

27 de septiembre, en algún lugar de la Ciudad de México
Recuerdo la Ciudad de México y lo majestuosa que fue. Ahora está devastada por la guerra, ahora le llaman Revolución. Recuerdo que estaba en México por negocios ese día cuando, de repente, todo salió mal. Mi familia estaba de compras en algunos de los lugares más reconocidos de México y, cuando regresaba al hotel, los aviones comenzaron a bombardear la ciudad. Desafortunadamente, perdí a mi familia en el bombardeo del centro comercial Palacio De Hierro.

Todo a mi vista ardía hasta el suelo. ¡La gente gritaba por todas partes! La muerte se extendió como un reguero de pólvora, millones murieron ese día. Logré correr y cubrirme debajo de una alcantarilla que estaba cerca de mí. Cuando salí, noté algo extraño. Las mujeres perseguían a hombres y niños varones como si las bombas que se lanzaron tuvieran algún tipo de feromonas que las atrajera a las víctimas masculinas. Logré escapar al bosque.

Me refugié en el Bosque de Chapultepec con algunos de los sobrevivientes varones. Los sobrevivientes, en la ciudad, comenzaron a llamar a ese día "la Última Guerra", así es como el mundo lo nombró.

Desafortunadamente, todos los hombres que fueron alcanzados por las bombas de gas murieron una muerte horrible, por asfixia; los que no, fueron asesinados, víctimas de mujeres que inhalaron ese mismo gas que las volvió locas hasta el punto de matar a hombres y niños sin remordimiento. Pero lo que importa es que sobreviví, y hoy todavía estoy tratando de sobrevivir a los peligros de ser el último hombre.

Si crees que tratar de sobrevivir a los zombis fue lo suficientemente difícil, piénsalo de nuevo. La tarea más desafiante fue escapar y sobrevivir a las perras hambrientas de sexo que portaban todo tipo de enfermedades. Estas salvajes estaban infectadas con un virus que las obligó a matar a cualquiera en su camino que tuviera pene. Era obvio que no les importaban mis derechos, estaban tratando de violarme a toda costa.

Sin ningún lugar a dónde correr, y exhausto, mi visión comenzó a nublarse. Rodeado, decidí que ya tenía suficiente, pensé, *basta de correr, John.*

Estaba siendo atacado por estas salvajes y a punto de perder el conocimiento cuando los disparos de un arma sonaron a corta distancia. Cuando mi cuerpo se desmayó, sólo percibí una sombra de quien parecía ser mi salvador.

—¡Despierta! ¡Despierta! — clamó Carlos.

—¿Quién eres?

—La pregunta es, ¿quién eres y cuál es tu negocio aquí?

—Estaba huyendo de las perras locas que querían un pedazo de mí.

—Mi nombre es Carlos Bermúdez. Te he estado observando durante algún tiempo.

—¿Estabas viendo cómo me perseguían y no hiciste nada?

—¡Oye, imbécil, si no fuera por mí, ya estarías muerto! Pero para tu información, he estado vagando por esta y muchas áreas desde la guerra, no ha sido fácil. Mapeé todo el Valle de México, lo conozco como la palma de mi mano. Como todos, también perdí a mi familia. Perdí todo, realmente. También perdí a mi prometido el día de mi boda. La ceremonia estaba casi terminada, pero no pude despedirme de él. Lo perdí a causa de una bala perdida en la frente: la guerra me lo quitó.

—¡Qué! Entonces, ¿estás diciendo que te ibas a casar con un hombre?

—¡Sí, un hombre! Por cierto, no te pregunté tu nombre. ¿Cómo te llamas?

—Mi nombre es John, John Peters. Carlos, ¿por qué estás corriendo? ¿No tienes ganas de unirte al ejército de Ariana? Digo, te identificas como una niña, ¿no?

—Así que sólo porque me iba a casar con un hombre, ¡eso automáticamente me convierte en una mujer! Parece que lo olvidas: ¡acabo de salvarte de esas perras locas mientras estabas desmayado! Verás, somos simples hombres con genitales y sistemas reproductivos, a ellas no les importa si eres gay o heterosexual. ¡Todo lo que ven es un pene para usar! ¡No se detendrán ante nada para esclavizarnos! Verás, en unos pocos años no podrán reproducirse y morirán, entonces estamos en gran peligro, John. ¡Necesitamos permanecer juntos para sobrevivir a este mundo loco!

—¿Qué sugieres que hagamos si no hay a dónde ir, Carlos? No podemos seguir corriendo para siempre si no hay en *dónde* tener una vida regular y pacífica.

—¿Cuándo dije, "no hay en donde tener una vida", John? Entonces, ¿simplemente renunciarás y no harás nada?

—No estaré corriendo para siempre. ¡Estoy cansado de correr, llevo corriendo seis años, tratando de sobrevivir! ¡Quiero que esto termine!

—John, cálmate, necesitas entender esto: ¡te matarán una vez que tengan lo que quieren! Probablemente te tratarán como un rey por un tiempo, ¿entonces qué?, ¿qué crees que pasará? ¡No te dejarán vivir! Escuché algo en la sede Revolución: no quieren sobrevivientes masculinos. ¡Sólo nos usarán a nosotros, John! Por cierto, John, hay un lugar donde podemos empezar de nuevo, tener una vida normal, pero para llegar allí tendremos que viajar a través de muchos lugares donde los militares probablemente nos estarán mirando. Entonces, ¿qué dices, John? ¿Estás dispuesto a arriesgar tu vida por esta oportunidad?

—¿De verdad, Carlos? ¿Dónde está este lugar?

—¡Groenlandia!

—¡Qué! ¿Estás loco? Es imposible llegar a pie. Pensé que dirías Washington, California, pero ¿Groenlandia?

—¡Bueno, lo imposible es mi especialidad! El nombre del santuario es Siorapaluk, o Nuevo Edén, como lo llaman ahora. ¡John, hay muchos peligros por delante! ¿Estás seguro de que estás listo para este viaje?

—Estoy listo, Carlos. Si lo que dices es cierto, ¡hagámoslo! Pero cuéntame más sobre el lugar.

—Bueno, John, déjame contarte. Dicen que muchos hombres viven allí en armonía con sus familias. También dicen que las mujeres son hermosas, como caídas del cielo. Me pregunto qué tan guapos son los hombres. Llamaron a este lugar Nuevo Edén después de la guerra. Podemos florecer de nuevo, John. Está fortificado con muros impenetrables, mucha comida, agua. Entonces, ¿qué dices? No perdemos nada.

—No decías en serio lo de los hombres guapos, ¿verdad?

—¿Sabes quién canta la canción "It's My Life", John?

—No puedo recordar, Carlos, ¿por qué?

—Entonces no deberías preocuparte por mis preferencias.

—Sólo trato de ser útil, Carlos, pero hablemos de las cosas que necesitamos discutir.

—¡Basta de hablar, John, podemos discutir más detalles mañana, estoy cansado! ¡Descansaremos aquí esta noche y nos moveremos antes del amanecer! Buenas noches, John.

—Buenas noches, Carlos. Dios nos ayude.

—Buenos días, solecito.

—¡No jodas, Carlos, son las cinco de la mañana!

—Despierta. Tenemos un largo día por delante. Tenemos que salir de este bosque, pero primero hay que comer algo. Después del desayuno nos dirigiremos hacia el norte y comenzaremos este viaje. Atrapé este conejo anoche mientras dormías. ¿Quieres un poco antes de irnos?

—¿A dónde nos dirigimos, Carlos?

—Al norte del campamento militar Revolución para buscar suministros.

—¡Carlos! ¿Dijiste que los militares están cerrando todo acceso a las rutas que conducen a Groenlandia?

—Bueno, John, los militares restantes de todo el mundo han hecho una coalición para estar al tanto de cualquier sobreviviente masculino que acceda a rutas regulares que conducen a Nuevo Edén. Desafortunadamente, toda la Alianza responde a las órdenes de Ariana. No me preguntes por qué, todo lo que sé es que eso hacen.

—Entonces, ¿por qué, Carlos, no toman el Nuevo Edén y se apoderan de su gente?

—Verás, John, ¡no es tan fácil enfrentarse a una ciudad que no sólo es de última generación, sino que tiene armas avanzadas y muros impenetrables! Todo lo que te estoy diciendo, John, son leyendas contadas por los pocos sobrevivientes que conocí en los últimos seis años. Pero no confíes solamente en mi palabra, ¡estamos a punto de descubrirlo nosotros mismos! Hay que infiltrarnos en la base militar. ¡Sígueme!

—¡Estás loco, Carlos! ¿Cómo piensas que entremos a ese lugar sin ser vistos!

—Confía en mí, John, ¡he estado aquí sin que se den cuenta durante los últimos seis meses! Tengo la mayor parte del lugar mapeado, conozco la mayoría de sus rutas vigiladas. Ya casi estamos allí, así que prepárate, John. Listo.

—¿Listo para qué, Carlos?

Infiltrados

—Carlos, estamos aquí. ¿Y ahora qué? ¡Este lugar está infestado de vigilancia!

—No todos vigilan, John, siempre hay alguien durmiendo. ¿No me digas que nunca viste una de esas películas donde el guardia siempre está durmiendo? Es lo mismo aquí, John.

—Tienes que estar jodiéndome, Carlos, confiando en los mitos de las películas.

Una vez ahí, Carlos parecía tranquilo mientras temblaba como una hoja, nunca había estado dentro de la base de Ariana. Sin ninguna pista de lo que sucedería, logramos infiltrarnos.

***

—¡Teniente Harris! ¡Dame tu informe de estado sobre el incidente de ayer!

—Comandante Ariana, parece que fue una emboscada. No quedaron huellas. Es inexplicable cómo una persona puede escapar cuando parece que no hay a dónde huir. Pero, por lo que investigamos, alguien ayudó. Quienquiera que fuera, ayudó a la víctima escapar de una muerte segura. Los cuerpos fueron encontrados en el suelo. Esta persona tiene un alto nivel de inteligencia. Las salvajes fueron asesinadas con un disparo en la cabeza con una precisión magnífica. Todavía estamos rastreando al responsable. ¿Cómo quieres que procedamos, Ariana?

—Como dije antes, las reglas son las reglas y nos apegamos a ellas. Todas las mujeres encontradas deben ser reclutadas para el ejército. Si se niegan, ¡les das la opción de elegir! Todos los machos encontrados deben ser llevados, intactos, a nuestras instalaciones, sin excepciones. Tu vida depende de ello, ¡teniente Harris!

—¡Sí, comandante, como desee!

—¡Ahora sal y encuentra a estos intrusos y tráemelos!

—¿Qué hacemos con las salvajes que intentan huir?

—Si estas salvajes son una amenaza para nuestra búsqueda, entonces mátalas, teniente. ¿Entendido?

—¡Sí, comandante!

Campamento Revolución

—¡John! Esto es lo que tenemos que hacer cuando entremos en la base, escucha atentamente: conseguiré suficiente comida para poder llevarla en esta bolsa, también tomaré las municiones y algo de agua, necesitamos encontrar una radio que podamos llevar, será útil una vez que salgamos de aquí. Si encuentras algún kit de emergencia, tráelo también. Si puedes montar una distracción, tendremos tiempo para escapar, pero, recuerda, sólo si nos atrapan. John, también recuerda lo que te dije antes: obtén la información del disco duro de la matriz mientras los distraigo. Toma el USB. Nos movemos rápido y salimos. No te demores. ¿Me estás escuchando, John?

—¡Sí, Carlos! Conseguiré comida y tú obtendrás la copia de los archivos, regresaré aquí lo antes posible.

—¡No!, idiota, al revés. ¡Tomo los suministros y tú hackeas el sistema! ¿Entendido, John?

—¡Sí! Está bien.

—Recuerda que tenemos treinta minutos antes del amanecer. ¡Hay que movernos!

Mientras nos dirigíamos a los compartimentos de almacenamiento, no podía creer lo que veía. Había decenas, si no cientos, de mujeres encerradas contra su voluntad en jaulas, como animales. Creo que algunas todavía estaban infectadas con el virus que se había lanzado hace seis años. Ariana parecía ser una tirana que mantenía prisioneras para forzarlas a trabajar y, aquellas que no querían unirse al ejército, eran asesinados.

Y fue entonces cuando me di cuenta.

Como Carlos estaba ocupado recolectando los suministros, decidí no seguir el plan. Abrí las jaulas y liberé a algunas de las rehenes, luego me dirigí a la habitación donde estaba la matriz de la computadora y descargué todos los archivos a la USB que Carlos me dio. ¡La razón por la que estaban tan ansiosos por capturarnos ahora era obvia!

—¡Comandante Ariana, tenemos intrusos en la base!

—¿Qué estás esperando, entonces? ¡Encuéntralos!

***

—¡Comandante, la mayoría de las prisioneras fueron liberadas! Estamos haciendo todo lo posible para que vuelvan a sus jaulas.

—Pagarán por esto, Jenna. ¡Organicen las tropas, vamos tras ellos!

—¿Dónde está la teniente Harris cuando la necesito? ¡Encuéntrala, Jenna!

—Lo haré, comandante.

—Ajá…

¿En serio?

—¿Qué te tomó tanto tiempo? Es casi de día. ¡Tenemos que salir de aquí antes de que nos vean!

—Siento el retraso, pero no vas a creer lo que descubrí. Vámonos.

—¡Cuál es tu problema, John! ¡No te apegaste al plan como te dije! ¿Qué pasó?

—Carlos, descargué los archivos de su matriz a la USB. Aniquilarán al Nuevo Edén una vez que obtengan lo que necesitan. Ariana está planeando algo enorme, está buscando la tecnología lo suficientemente avanzada como para poner al mundo de rodillas. Ariana cree que el Nuevo Edén tiene esa tecnología. Necesitamos llegar ahí. ¡Tenemos que hablarles de la Coalición de los militares! ¡Están uniendo fuerzas para destruirlos!

—Bien sabes que estamos a miles de kilómetros de distancia de Tierra Sagrado. ¡Debemos planear con mucho cuidado nuestro camino al Nuevo Edén! Por ahora, podemos reunirnos en Jardines de Morelos. No podemos ir al oeste porque hay una base militar en Ecatepec. Nos quedaremos allí esta noche. ¡Vamos!

Mientras nos dirigíamos a Jardines, todo salió bien. Carlos estaba liderando el camino, pero no me gustaban sus métodos de seguridad para el viaje, así que decidí tomar mi propia ruta y abandoné sus planes. De verdad que tenía problemas de confianza, pero quién no en momentos como este.

Al borde de la muerte

Así que, sí, sé que lo arruiné todo.

Estaba atrapado ahí, tratando de sobrevivir a las arenas movedizas que trataban de chuparme la vida hasta el fondo del pantano y le imploraba a Carlos que no me dejara morir mientras se reía de mí implacablemente.

—*Tenías* que cometer otra de tus tonterías, ¿no, John? ¿Confías en mí o no? Me estoy cansando de tu mierda. ¿Qué me darás a cambio de salvarte?

—¿Me sacas o no, Carlos?

—¡John! ¡Me deberás la vida!

—¡Carlos! ¡Prometo que haré lo que me digas!

—John, no hagas ningún movimiento brusco. ¡Agarra esta rama!

Mientras me aferraba a la rama, cuando el lodo me llegó hasta el cuello, jalé con demasiada fuerza y rompí la rama del árbol, perdiendo con ella cualquier posibilidad de sobrevivir. Al mismo tiempo, Carlos resbaló cuando la rama se rompió, perdió el equilibrio y se golpeó la cabeza.

—¡Mierda! ¡Carlos, despierta! ¿De verdad tengo tan mala suerte? — hablaba conmigo mismo, clamando a Dios —. ¡Por favor, ayúdame!

—¡Imposible que tu suerte sea así de mala, extraño!

—¿Quién eres?

—Me llamo Nancy, pero me puedes decir Pérez.

—¿Eres real? — gemí con incredulidad —. ¡Primero sácame de aquí y luego puedes seguir parloteando!

Después de haber sido salvado, revisamos a Carlos. Desafortunadamente todavía estaba inconsciente, pero estaba vivo. Nos alojamos en la zona pantanosa el resto del día. Construimos un pequeño cobertizo para mantenernos secos por si llovía, un fuego para conservarnos calientes y a salvo de los depredadores por la noche, pero eso no era lo que realmente nos preocupaba. Nos preocupaba más bien estar desprevenidos y ser atrapados por Ariana, así que aseguré el perímetro, dándole tiempo a Carlos para recuperarse y despertar.

Nuevo amigo

—Entonces, Nancy, ¿de dónde eres?

—Nací y crecí en lo que solía ser un pequeño pueblo de la península de Yucatán. Pero he estado en movimiento: de aquí a allá, en ninguna parte, en todas partes.

No tengo a dónde ir. La Última Guerra me quitó todo. Mi familia murió ese día, durante el brote viral. Estuve fuera de la península durante unas semanas, trabajando en las torres sísmicas, haciendo algunas reparaciones cuando, de repente, ¡la ciudad estaba en llamas! Fue terrible. Los misiles que se dispararon en el país destruyeron todo e incluso las zonas rurales se vieron afectadas por el virus. Hasta hoy todavía hay salvajes corriendo por ahí, matando todo lo que se les cruza. Desde ese día, los militares se hicieron cargo, reclutando sólo a mujeres capaces. No entiendo por qué todos los hombres son encarcelados y luego asesinados. Y aún ahora, hasta el día de hoy, no sé lo que realmente sucedió, pero estoy feliz de seguir aquí. Deben de estar detrás de algo muy importante. ¿Qué podrá ser, John?

—Bueno, Pérez, lo que Ariana esté planeando no tiene importancia. Carlos y yo vamos a Nuevo Edén para comenzar una nueva vida. ¿Quieres venir con nosotros? Dijiste que no tienes a nadie, ¿verdad?

—Sí, claro, no tengo a nadie. Pero, ¿qué hacemos con él? ¿Estará bien?

—Está bien, no es más que una contusión. ¡Nos vamos en cuanto despierte!

—¿Qué pasó?

—La rama se rompió y te golpeaste la cabeza. Llevas inconsciente unas horas.

—Lo siento, John. Hice lo que pude.

—No te preocupes. Por suerte, Nancy Pérez pasaba por allí, lista para salvarnos. Si no fuera por ella, estaría en el fondo del pantano.

Confianza

—Entonces, Pérez, ¿eres de la Ciudad de México? ¿Por qué no te conozco?

—¿Y si no soy de la ciudad, qué?

—Bueno, nunca te había visto antes y yo llevo seis años ahí, escondiéndome por todos lados, evitando a los militares. ¿Cómo explicas eso?

—Eso no significa un carajo, Carlos, y te voy a decir algo, cabrón...

Cuando las discusiones se volvieron tensas entre Carlos y Pérez, traté de tomar mi arma, pero Pérez nos ganó el arma.

—¡Es una espía, John! ¿Por qué confiaste en ella?

—No tenía otra opción, Carlos. Recuerda, ¡estabas inconsciente mientras me comía la madre tierra!

—¿Quién eres realmente, Pérez?

—Después de perderlo todo en la guerra, me uní a un clan de varias familias. Años más tarde tuvimos una ceremonia, como líder de mi familia, tuve que elegir un esposo para continuar con nuestra civilización, ¡pero no pude!

—¿Por qué?

—Ya después, confirmaron que no podía embarazarme. Soy infértil. Por eso me abandonaron: ¡dijeron que no les servía para nada!

—¿Tus hombres sobrevivieron en la aldea?

—Honestamente, no sé, nunca volví a saber del clan. Pero, con el virus por ahí, lo dudo.

—No sabemos qué decir, perdón por juzgarte mal. Pérez, te prometo que cuando lleguemos a tierra sagrada, ¡encontraremos una manera de ayudarte! ¡Por favor, acompáñanos!

—Para mí que no hay esperanza, John. ¡Todo es en vano! ¿Por qué intentar?

—¡Dame la oportunidad de demostrarte que estás equivocada! Carlos y yo te ayudaremos. El Nuevo Edén tiene la respuesta.

—¿Lo prometen?

—¡Sí! ¡Lo prometemos!

La persecución de Ariana

Después de una conversación nocturna, bajamos la guardia. Ariana envió una búsqueda generalizada por todo el territorio de Jardines.

Nos agarraron desprevenidos y sin pantalones. Tuvimos que correr por campo abierto, hacia el norte, en dirección a un fuerte llamado la Esperanza.

¡Esa era nuestra esperanza de escapar de las garras de Ariana! Y, por cierto, ¡perdimos la pista de Pérez cuando nos dispersábamos durante la persecución! Otra vez éramos sólo Carlos y yo, pero confiamos en que veríamos a Pérez pronto, mientras tanto, continuaríamos nuestra misión hacia tierra sagrada.

Fuerte de la Esperanza

—Lo logramos, John. ¡Los perdimos!

—Sí, pero ¿por cuánto tiempo? Saben que estamos en el Fuerte. Se reagruparán para atacarnos con todo lo que tengan. La pregunta es cuándo.

—La pregunta es por qué... ¿por qué se detuvieron?

—No sé, John, las órdenes cambian constantemente cuando estás en el ejército.

—¿Y tú cómo lo sabes?

—Yo estaba en el ejército, John. Lo sé.

—¿En el ejército de las niñas exploradoras? — me reí entre dientes.

—Te crees divertido e inteligente.

—Mira, Carlos, ¿qué es este lugar?

—¡Es un depósito de chatarra de aviones! Aquí hay suficientes recursos para planear un escape.

—No lo puedo creer, John. ¡Esta podría ser nuestra única esperanza de llegar a la tierra sagrada!

—¡Tienes razón! ¡Veamos qué podemos encontrar!

Cuando llegamos al Fuerte, tuvimos la suerte de encontrar algunos aviones de carga que todavía funcionaban y que necesitaban reparaciones menores. Encontramos una soldadora que funcionaba con gas y la usamos para reparar algunas piezas del avión. Con la experiencia de Carlos, logramos que las cosa marchara bien.

Usamos muchas de las baterías de los aviones destruidos, fuimos afortunados de que muchas piezas estuvieran en buenas condiciones. Todo salió según lo planeado. Carlos se cansó tanto que tuve que animarlo a terminar antes de que Ariana nos atacara.

Después de trabajar durante doce horas sin parar, ¡logramos que uno de los aviones funcionara!

Frutos de nuestro trabajo

—Lo hicimos bien, Carlos. Pensé que nunca lograríamos que el avión funcionara.

—Fue trabajo en equipo, John.

—Oye, creo que deberíamos buscar a Pérez, Carlos.

—No estoy seguro… ¡ni siquiera estoy seguro de que esté viva! Pero tenemos que mantener viva la esperanza, ¿verdad?

—No sé qué se le pasó por la cabeza cuando salió corriendo, Carlos, debe haber tenido miedo, digo, mírame, ni yo tengo esperanzas, ni siquiera sé si sobreviré hasta mañana.

—Dale, John, no digas eso. ¡Creamos nuestro propio destino, y nadie nos lo va a quitar! ¡Somos un equipo! Lo lograremos. Pase lo que pase… nosotros.

Había gritos en la distancia. Pérez estaba huyendo de las fuerzas de Ariana y esta vez estaban listos para vencernos a toda costa.

Escape

—¡Enciende los motores, John! ¡Ya vienen!

—¿Quién viene?

—Ariana, ¿quién más crees, imbécil?

—¡Corre, Pérez, date prisa!

—¡Carlos, enciende los motores y sácanos de aquí!

Cuando comenzamos a avanzar a lo largo de la pista de aterrizaje, Pérez corría tan rápido como podía y se estiró para tomar mi mano. Tropezó, pero no se rindió, agarró mi mano mientras el avión ascendía. ¡Mantuve un agarre fuerte y la alcé hasta al avión!

—¡Si no puedo ponerles las manos encima, entonces nadie las pondrá! Fuego a voluntad, teniente Harris.

—¡Objetivo bloqueado, comandante!

Cuando Carlos, John y Nancy Pérez escaparon, una bala golpeó uno de los motores causando que el avión se desestabilizara.

—¡Carlos! ¡Nos dieron!

—¡Lo sé!

—¡Nos vamos a estrellar!

—¡Lo sé! Abróchate el cinturón y agárrate la cabeza. ¡Intentaré aterrizarlo! ¡Ah! ¡Dios, ayúdanos!

Cuando el avión caía, Carlos logró mantenerlo en el aire el tiempo suficiente para perder de vista al ejército. Aterrizamos en Metztitlán, una zona montañosa, boscosa.

Ahora estábamos atrapados en un área que era parte de una reserva natural, ahí vivía una poderosa tribu que conocimos. Con muchos peligros por delante, no estábamos tan seguros de lo que encontraríamos allí, tal vez cambiaría nuestras vidas para siempre. Pero una cosa era segura: tuvimos suerte y tal vez la suerte estaba a punto de agotarse.

Aterrizamos en las montañas oscuras.

CAPÍTULO DOS

MONTAÑAS OSCURAS

Leyenda

Aterrizamos en las montañas, Carlos logró mantenernos vivos. El área donde aterrizamos era tan vasta y estaba tan llena de peligros que nuestra supervivencia iba a depender sólo del trabajo en equipo y el esfuerzo. Pero nos faltaba descubrir, a través de grandes pruebas, el significado del *trabajo en equipo*.

—¿Todos están bien?

—¡Sí, Carlos, estoy bien!

—¿Y tú, Pérez?

—Creo que tengo algo en la pierna — ella jadeaba de dolor —. ¡Duele como el carajo!

—¿Y ahora qué, Carlos?

—No sé, se ve bastante mal, pero primero debemos asegurar el perímetro para cerciorarnos de que nadie haya visto dónde aterrizamos. John, extingue el fuego para no llamar la atenciñon sobre nuestra ubicación.

—A la orden, Capitán.

—No soy tu capitán, John. Deja tus tonterías y ponte a trabajar, Pérez necesita mi atención.

—¿Puedes caminar, Pérez?

—Lo intentaré.

Ella trató de levantarse, pero volvió a caer, gritando de dolor.

—Lo siento, Carlos, no puedo. ¡Creo que tengo un pedazo de metal en la pierna! No, no puedo.

—Cálmate, Pérez, no te vamos a dejar aquí. Déjame ver. Necesitamos extraer el metal y luego cauterizar la herida.

—¡Duele mucho!

—¡Maldita sea!

—¿Qué, Carlos?

—Pérez, voy a extraer el pedazo de metal y te va a doler.

—¡Te lo dije! ¡Sentí algo en la pierna!

—Menos mal que volviste, John.

—John, ¿tienes un cuchillo o algo que pueda usar?

—¡Sí, toma!

—¡También voy a necesitar unos alicates o algo para extraerlo! Una aguja sería lo mejor.

—¡Déjame ver lo que queda en el compartimiento de carga! ¡Vuelvo ahora! Ya me ocupé del fuego. Veré qué puedo traerte, ¿de acuerdo?

—Sí, eso está bien.

—Carlos, no tardes en conseguir las herramientas.

—Ocúpate de tus asuntos, Carlos, yo me encargaré de conseguir las herramientas.

—Oye, Pérez, ¿cuál crees que es la razón de toda esta persecución? ¿Qué le está pasando a este mundo?

—¡Uf! Hay una historia que ha sido contada durante siglos. Muchos de nuestros antepasados predijeron que el mundo llegaría a su fin, que los dioses regresarían para reclamar un sacrificio. El sacrificio para mantener vivo este mundo requeriría que todos los hombres fueran ofrecidos excepto uno, el elegido por los dioses. Sólo entonces podría comenzar una nueva generación para devolver a la civilización al origen para servir a los dioses.

—¿Crees en esa mierda, Pérez? ¿Cómo?

—Como dije, Carlos, esta es sólo una leyenda que ha sido transmitida por mis antepasados. Incluso antes de la guerra se predicaban esas historias. Creer o no depende de nosotros individualmente. Pero una cosa es cierta: la profecía de la destrucción del mundo ya está sobre nosotros.

—Pérez, voy a hacer una pequeña incisión justo donde está tu herida. ¿Vas a estar bien?

—Sí, adelante, ¡terminemos con esto!

—Aquí vamos.

Tensó la mandíbula y se puso roja como una manzana cuando Carlos estaba sacándole el trozo de metal.

—¡Veo el pedazo de metal! No te muevas. ¡Déjame conseguir los alicates! ¡John! ¡John! ¿Encontraste los alicates?

—¡Sí! Encontré estos. ¿Funcionarían?

—¡Sí! ¡Son perfectos! ¡Asegúrate de quemar esas puntas primero para mantenerlo estéril! Pérez, muerde esto, ¡ayudará!

—¡Dios! ¡Ah!

—¡Lo tenemos! Es una pieza de metal oxidado. ¿Quieres quedártela, Pérez? Ja, ja.

—¡Vete al infierno, Carlos!

—Trae un poco de alcohol para envolver la herida.

—¿Dónde se supone que debo conseguir alcohol, Carlos?

Empecé a ponerme nervioso y le escupí a Pérez en la herida.

—¿De verdad, John? ¿Por qué le escupirías?

—Ey, no te preocupes, la saliva es muy estéril.

—Perdónalo, es un imbécil. Deberías sanar en dos o tres días. Descansas un poco, Pérez.

—Carlos, gracias.

—No tienes que agradecerme, estamos juntos en esto, ¿no?

—Supongo que tienes razón. Gracias de todos modos.

Séptica

—Oye, John, ¿apagaste las llamas como te dije?

—Sí, ya te he dicho que me hago cargo de mis responsabilidades, no soy un niño.

—¡Bravo! ¿Aseguraste el perímetro?

—En realidad, hay algo que quiero decirte. Creo que deberíamos calmarnos por un par de días para averiguar qué vamos a hacer. Tenemos un río a una milla al este del avión, podemos usarlo para hidratarnos. Necesitamos cazar. Probablemente podamos poner algunas trampas para animales pequeños. Estaba pensando que tú puedes hacer las trampas mientras yo cazo, no estoy de humor para construir nada.

—No hay problema, John. Me encargaré de las pequeñas trampas. Tú te encargas de cazar. Por esta noche. Debemos mantenernos alerta, no queremos que los soldados de Ariana nos agarren desprevenidos.

—Bueno, supongo que vendrán. No creo que se rindan tan fácilmente. Seguro que quieren algo de nosotros y, honestamente, no creo que sea sólo sexo. Tenemos que averiguar qué es.

—Algo se nos ocurrirá, ya verás. Voy a ver a Pérez. Volveré enseguida.

—Iré a buscar algo de comer, Carlos. ¡Enciende el fuego!

—Oye, ¿tenemos radios bidireccionales en la mochila, ¿no?

—¡Sí! ¿Por qué?

—Estaré en el canal siete.

Mientras estaba de caza, recibí una llamada de Carlos, minutos después de haberlo dejado.

—¡John! ¡John! ¿Puedes oírme?

—¡Sí! ¿Qué pasa, Carlos?

—Pérez. ¡Tiene la temperatura muy alta!

—¡Mierda! ¿Cómo?

—El corte está infectado. Necesitamos antibióticos, no saliva. ¡Ven rápido o morirá!

—¿Cómo carajos se supone que vamos a conseguir medicamentos aquí?

—Hay una hierba que vas a tener que buscar. ¡Se llama equinácea!

—¿Qué demonios es eso, Carlos? ¿Cómo se supone que voy a encontrarla?

—Escucha con atención: el color de la flor es púrpura y granate, es amarillenta. El centro es muy pronunciado. ¡Consigue tanta como puedas!

—¿Dónde puedo encontrarla?

—Trata de buscar en áreas abiertas donde haya césped. ¡Crecen en el campo!

—¡Entendido! Volveré.

Guarida del lobo

La tarea que tenía por delante parecía necesitar que pusiera en práctica mis mejores piezas. No supe lo que significaba correr hasta ese día mientras luchaba cuesta abajo para encontrar un espacio abierto. Eso no era lo único que me preocupaba, había dejado caer la radio y perdí la única forma de comunicarme con Carlos.

Siguiendo adelante, vi un pequeño pueblo justo en las afueras de la montaña. Me paré detrás de un árbol para observar el movimiento, sabía que, si podía encontrar algo rápido, sería en el pueblo. No iba a decepcionar a mis amigos, así que tuve que arriesgarme. Por primera vez comenzaba a preocuparme por el bienestar de los demás, ¡quería pagarles por los favores que me habían hecho!

Me escondí detrás de unos árboles y esperé el momento perfecto para entrar al pueblo.

***

Unas horas más tarde, todos parecían entrar a descansar: era el momento perfecto. Los aldeanos estaban cenando, así que sabía que sería una tarea fácil. Entré en la cabaña, a la parte donde dormían los niños. Hice todo lo posible para no hacer ningún ruido, pero, al igual que en las películas, siempre hay algo que se cae, ¡y *bam!*, tiré una botella de la mesa y dos de los niños se despertaron.

No parecían estar asustados, pero sí que estaban gritando como locos. Supongo que no habían visto a un hombre humano en mucho, mucho tiempo, entonces era inevitable que comenzaran a gritar en su idioma nativo, y supe en ese momento que estaba en cosa seria.

Entonces pensé que podría lograrlo como la primera vez en la base militar, pero, con toda honestidad, ¿qué se suponía que debía hacer? *¡Matar a los niños para que se callen a la mierda!*

Los aldeanos se despertaron y me vieron correr. Regresé al avión lo más rápido que pude, nunca en mi vida he corrido tan rápido, podría haber jurado que estaba corriendo a cincuenta y cinco kilómetros por hora.

Enviaron a sus guerreros tras de mí junto con sus perros de búsqueda. Entonces, no pasó mucho tiempo para que me alcanzaran cuando escalaba esa montaña empinada. Realmente no tenía a dónde ir. ¡Estaba rodeado!

Después de que me atraparon, me llevaron de vuelta al pueblo. Lo que me esperaba era una incógnita.

Tratado de Lea

—¿Cuál es tu nombre?

—¡John! John Peters.

—Soy Lea, de la tribu Meca, somos descendientes de los olmecas, Hemos estado esperando este día durante mucho tiempo. Pero, finalmente, la profecía se ha cumplido. ¡Y tú, John, llevarás a nuestra tribu a una nueva era dorada! Es un honor para nosotros nombrarte nuestro nuevo comandante. Te prepararemos para la ceremonia de mañana.

¡Elegirás tantas esposas como desees, y tendrás que dejar una semilla capaz de producir hijos en cada mujer! ¡Sólo entonces la profecía se cumplirá, y sólo entonces estarás de camino hacia lo que buscas!

—¿Cómo sabes lo que busco?

—¡La profecía reveló que este día vendría, y es nuestro deber asegurarnos de que la profecía se cumpla!

—¿Por qué yo?

—La profecía dice que el que descendería de las montañas en busca de salvación sería el elegido, el que llevará a nuestro pueblo a una gran nueva era. Y esa persona eres tú, John. ¡La profecía no miente! Si decides no cooperar, entonces no nos quedará otra opción: te verás obligado a servir a mi pueblo, les darás agua, comida… y te obligaremos a traernos madera. Pero lo más importante es que haremos que tengas relaciones sexuales por el bien de nuestra tribu. Entonces, ¡decide! ¿Qué es lo que harás? Tienes hasta el amanecer.

Tomar una decisión como esa sería ridículo. Muchos pensarían que es una obviedad quedarse y tomar tantas esposas como se pueda, pero en realidad no se trataba de si podía hacerlo o no, era el deber lo que me llevó ahí y sabía hacia dónde me dirigía. Así que necesitaba pensar rápido.

¡El tiempo se acababa para Pérez! Tuve que aceptar su oferta.

Salvación

—¡Gente de La Meca! ¡Es un gran placer informarles de los últimos eventos que han llegado a buen término! La profecía se ha cumplido hoy: el elegido ha descendido de las montañas. ¡Él es el que hará que la tribu de la Meca alcance la edad de oro que nuestros antepasados esperaban! Prepárense para una celebración, mañana nuestro nuevo comandante elegirá tantas novias como le sea posible para dar semilla a nuestro vientre y traer nueva vida y esperanza a La Meca! ¡Este es un día de gran alegría! ¡Prepárense para la celebración de esta noche, gente de Meca!

***

Mientras tanto, en el avión, Carlos luchaba por mantener a Pérez bajo control. Y ahora estaba preocupado por el bien de John, sabía que algo le había pasado, así que tuvo que actuar rápidamente.

—Jesucristo, John está tardando demasiado. Algo debe de haber sucedido. ¡No contesta la radio! ¡Pérez! ¡Pérez!

—¡Sí!

—John lleva demasiado tiempo fuera. Tendré que dejarte aquí en el avión. ¡Si no lo hago, no durarás mucho más! Primero buscaré la medicina y luego volveré por John.

—¡Carlos, no tardes mucho, por favor! ¿Qué quisiste decir con que no duraré más?

—Morirás, Pérez.

—Gracias por ser honesto.

—No tienes que agradecerme, Pérez. ¡Sé que harías lo mismo por mí!

—Gracias por confiar en mí, Carlos.

—No confío, pero es la naturaleza humana ayudarse mutuamente en tiempos difíciles. Estoy haciendo lo correcto.

—¡Gracias de todos modos!

***

Mientras Carlos se dirigía al bosque en busca de medicinas, me estaban preparando para mi ceremonia en el pueblo.

—¡John! Soy yo, Lea. Lamento la forma en quete hemos tratado, pero quiero hablar y razonar contigo.

—¿Razón, Lea? ¡Cómo es que podemos razonar cuando me tienes como tu prisionero! ¡Por favor, déjame ir!

—No, no puedo dejarte ir. Tú eres la razón de nuestra esperanza. ¡Hemos esperado mucho tiempo desde la guerra! Cuando comenzó y todos los hombres se destruyeron a sí mismos por el poder, me prometí a mí misma que nunca dejaría ir las cosas que nos dan esperanza y que siempre estaría agradecida por las cosas que tenemos ahora. Tú eres el momento, John. Si me prometes darnos esperanza, te prometo que dejaré que te alejes cuando tu tarea esté completa. ¡Prométemelo, por favor!

Parecía que esa gente había pasado por una verdadera mierda debido a la guerra, y, para ser honesto, yo también había pasado por algunas dificultades. Me había prometido a mí mismo hacer cualquier cosa que estuviera a mi alcance para mantenerme vivo y tener la esperanza de encontrar el camino hacia un lugar donde pudiera comenzar de nuevo. Pero, ahora que me encontraba en ese pueblo, con esa mujer, mis pensamientos cambiaron, ¡y comencé a contemplar un futuro ahí como el líder de la Meca!

—Acepto tu oferta, pero hay un favor que tengo que pedir.

—¡Dime!

—Tengo dos amigos en la montaña. Uno de ellos está herido y se está muriendo. ¡Por favor, ayúdenlos! Están en un avión que se estrelló.

—¿Cómo sucedió eso?

—Es una larga historia. ¡Envía ayuda, por favor!

—¡Ledesna!

—¿Sí, comandante Lea?

—Por favor, envía ayuda a la cima de la montaña. ¡Date prisa!, los amigos de mi invitado están en gran peligro.

—¡Como desee, comandante!

—John, ¿cómo llegaron a la montaña?

—Estábamos siendo perseguidos por un ejército.

—¿Qué?

—Nos seguían soldados que residen en lo que solía llamarse la Ciudad de México.

—¡Oh, Dios mío!

—¿Qué pasa, Lea?

—¿Ariana te está buscando, entonces?

—¡Sí! ¡Ella me quiere! Por eso es por lo que estas corridas y confrontaciones han estado sucediendo. ¿Entiendes, Lea? No puedo quedarme aquí por mucho tiempo.

—Sí, lo entiendo. Puedes quedarte aquí por unos días, o semanas, y luego irte. No me interpondré en el camino de la profecía y seguramente la cumpliré en toda su extensión. ¡Tu destino es dejar este pueblo, pero también es tu destino hacernos resurgir de las cenizas de esta guerra inevitable!

—Te creo, Lea. De verdad que sí. Tengo un presentimiento.

Conversé con Lea conforme avanzaba la noche. Para ser honesto, comencé a sentir la comodidad de un hogar. A partir de ese momento, mis sentimientos por esta mujer comenzaron a cambiar, pude escuchar la honestidad con la que hablamos toda la noche.

¡Comencé a sentir la necesidad de proteger al pueblo a toda costa de las garras de Ariana!

—¡Maldita sea, este camino está en picada abajo! ¿Por qué tengo que hacer esto por los demás? ¡Nadie ha hecho nada por mí! Jesucristo, Carlos, ahora estás hablando contigo mismo. ¿Qué es eso? ¿Un pueblo? Tal vez John está allí. ¡Tengo que encontrarlo!

***

—¿Lea?

—¿Sí, John?

—¿Qué pasaría si Ariana nos encontrara aquí? ¿Qué harás cuando venga?

—Debo luchar, como lo hice antes. No es nuestra primera batalla con Ariana. En los últimos seis años hemos peleado cinco veces. ¡Perdimos a muchos, pero ellos también perdieron a muchos! John, Ariana tiene que entrenar a muchos nuevos reclutas que ella misma busca en todo el mundo. Aunque gana en número, no conoce esta tierra y la mayoría de sus militares son novatos. Nuestra ventaja es que nosotros sí la conocemos, durante siglos la hemos mapeado. Será difícil que ella llegue a nosotros, pero eres algo que ella quiere. Por mucho que te necesite aquí, no puedo detenerte para siempre, tienes una misión que necesitas cumplir. Quiero que sepas que este siempre será tu hogar. Siempre te estaré esperando.

—Gracias, Lea.

—No tienes que agradecerme. ¡Es tu destino, John! Te dejaré, ahora descansa un poco.

—Buenas noches, Lea.

Nuevo hogar

—John, ¿acabo de escuchar lo que creo que escuché?

—¡Carlos!

—Shhh... habla más quedito, no quieres que nadie nos descubra.

—¿Cómo está Pérez?

—Empeorando a cada minuto.

—Carlos, nos querdaremos aquí.

—¿Estás loco? ¡No recorrimos todo este camino para descansar!

—Carlos, escucha: necesitamos ayudar a estas personas antes de ir al Nuevo Edén. Creo que tenemos el propósito y la obligación. De verdad nos necesitan.

—¿Por qué? Acabas de conocerlas...

—Sí, lo sé, pero algo me dice que nos ayudarán en nuestro viaje. Así que, por favor, te ruego que me ayudes. Sólo esta vez.

—¿Por qué debería hacerlo? ¿Por qué debería ayudarlos?

—¡Tenemos un enemigo en común! ¡Ariana los ha estado siguiendo durante años, y ellos también han luchado en el pasado!

Lea escuchó una conmoción en la cabaña de John y entró sin previo aviso.

—John, entiendo, pero ¿qué haremos con Pérez?

—Ella está en camino.

—¿Les dijiste, John?

—Tenía que hacerlo. ¡Ya no voy a dejar de cuidarlos! En estos pocos días que hemos estado juntos, finalmente entendí el valor de la amistad, ¡y no volveré a perder eso, Carlos! Perdí a mi familia una vez. Ahora tú y Pérez son lo más cercano que tengo a una familia.

—¿John? ¿Quién es esta persona?

—Lea, este es Carlos. Carlos, ella es Lea.

—Mucho gusto, Lea. Es bueno tener un aliado, supongo.

—Lea, ¿por qué quieres ayudarnos en este viaje?

—Carlos, no tengas miedo de mí ni de mi gente. No somos tus enemigos. Nuestro enemigo está ahí fuera, y no se detendrá ante nada para obtener lo que quiere. Podemos mantenernos unidos y aumentar nuestras posibilidades de sobrevivir. Puedes ayudarnos a ser más poderosos y destruir esta amenaza.

—¿Cómo puedo yo ayudarlos, Lea?

—¿Cuál es tu especialidad? ¿Tienes algún entrenamiento que pueda ser útil para mi gente?

—Fui entrenado por el Ejército Mexicano. Formaba parte de la división de Fuerzas Especiales, mi entrenamiento fue riguroso. De hecho, puedo ayudar a arrestar a Ariana. Pondré todo mi esfuerzo en ayudar con lo que pueda, Lea.

—Hay otra cosa que necesito de ti.

—¿Qué es, Lea?

—¿Puedes ayudarme a mí y a mi aldea a cultivar nuevas semillas en el vientre de nuestras mujeres?

—Tienes que estar bromeando ¡Eso es algo que no puedo hacer!

—¿Por qué, Carlos? No entiendo.

—No le has dicho nada, ¿verdad, John?

—No, no creo que sea mi lugar contarle quién eres.

—Dime. ¿Por qué no puede ayudarnos, John?

—Es complicado, Lea. A veces las personas tienen creencias diferentes que, en mi opinión, debemos respetar, y espero que tú hagas lo mismo.

—¿Qué es? ¡Por favor, dígame!

—¡So-soy gay!

—Oh, entiendo. Olvidé que en nuestro mundo pasado teníamos libertad y teníamos elección. Pero dime algo en serio, Carlos, ¿alguna vez quisiste hacer algo por alguien que necesitaba ayuda y no te importó nada porque sabías que lo que estabas haciendo afectaría la vida de la persona que te necesitaba?

—Bueno, sí, pero, ¿qué tiene que ver con esto?

—Bueno, es lo mismo. ¡Estás ayudando a una gran causa, y no sólo eso, sino que también ayudarás a John en su viaje para lograr lo imposible!

—Dame tiempo, Lea, no sé si puedo hacer esto, pero estoy seguro de que puedo ayudar a entrenar a tu gente. Pueden contar con eso. ¿Cómo está Pérez?

—Ella ya está llegando. Estará en nuestra habitación de invitados. Y tú también puedes dormir allí, Carlos. John, gracias por tu ayuda, sin ella no podría lograr lo necesario. Buenas noches a todos.

***

—¿Cómo te sientes, Pérez?

—Mejor, supongo. ¿Dónde estamos, Carlos?

—Estamos en un pueblo, al este del accidente aéreo. ¡Ahora somos parte de la tribu, Pérez! Entonces, saluda mañana por la mañana a tu nueva familia, ¡ja, ja!

—Estás bromeando, ¿verdad?

—¡No!

—¿Cómo sucedió esto?

—Hicimos un trato con Lea, comandante de los mecas. La ayudaremos a entrenar a sus aldeanos. ¡John es el nuevo semental del bloque, ja, ja!

—Guau, les ayudaré tan pronto mejore. Puedo enseñarles formas rápidas de cultivar.

—Suena genial, pero primero necesitas mejorar. Y necesitamos dormir, mañana es el día de la boda. La verdad no puedo imaginar a John casándose.

—Yo tampoco, pero seguramente será un gran líder.

—Esperemos que sea por el bien de todos. Estamos aquí ahora, no tenemos nada que perder. No puedo perder esta oportunidad... Estoy cansado, será mejor que durmamos. Buenas noches, Pérez.

—Buenas noches, Carlos. Buenas noches, John.

Boda

—Levántate, solecito.

—Buenos días, John.

—Te ves muy bien, Pérez. Es bueno verte así. Estoy muuuy listo para empezar. Siento que lo que estoy haciendo tiene un significado real.

—Entonces no hay más que decir. John, si tú eres feliz, nosotros también.

—Te deseamos la mejor de las suertes.

—John, ¿qué pasará con nuestra misión?

—Continuaremos nuestro viaje, Pérez, pero antes necesitamos establecernos aquí. ¡Es una oportunidad única!

—Puede que tengas razón, John. Podríamos ser los dos últimos hombres en el planeta, y, si hay una oportunidad de redimirnos… ¡no hay mejor momento para comenzar de nuevo!

—¡Carlos, *yo* soy el hombre aquí!

—*Tenías* que decirlo. Siempre tratando de hacerme sentir menos…

—¡Estuvimos solos durante más de una semana y todavía no me conoces! Carlos, te estoy jodiendo.

—Si me vas a joder, la próxima vez asegúrate de quitarme los pantalones.

—Cómo dices cosas así frente a Pérez.

—A mí no me importa, puedo escucharlos todo el día sin aburrirme ja, ja, ja.

—Está bien. ¡Ya casi es hora, prepárense chicos! Lea les dejó ropa.

La ropa que Lea nos llevó se parecía a la de los antiguos guerreros y aldeanos de la antigüedad, pero era verdaderamente cómoda, cómoda es decir poco. Agradecíamos la hospitalidad.

***

—¡Gente de Meca, es un gran honor para mí presentarles a nuestros nuevos miembros y comandantes de la tribu! Han soportado y sobrevivido a un gran viaje en busca de la ciudad de la que habla la profecía de nuestros antepasados. Esta también dice que el recién llegado ayudará a reconstruir nuestro pueblo y nos llevará a una nueva edad de oro, este pueblo alcanzará nuevas alturas de prosperidad. Es un honor presentarles a John Peters. ¡Él es el nuevo comandante y líder de esta tribu! Él nos ayudará a florecer y plantará la semilla, él elegirá tantas concubinas como desee. En cuanto a mí, ¡él tomará mi mano como su nueva esposa! ¡Que nuestro líder cumpla su viaje y destino! Además, con gran placer, quiero presentarles a Carlos Bermúdez, nuestro nuevo líder militar. ¡Trabajará codo a codo con las líneas del frente y nos enseñará las artes de la guerra y la tecnología! ¡Por favor, denle la bienvenida con un gran aplauso! Y, por último, nuestro invitado es una sobreviviente como ninguna otra. ¡Bienvenida, Nancy Pérez, nuestra nueva asesora de supervivencia! Ella tiene las habilidades para enseñarnos a sobrevivir las condiciones más extremas, y ella es otra clave para la expansión de esta gran tierra. Así que, ¡que comience nuestra celebración! ¡Por la unidad y la prosperidad de nuestra tribu!

A medida que la ceremonia avanzaba, una sensación de felicidad se extendió como un reguero de pólvora entre la tribu y los rumores comenzaron a extenderse hacia la aldea cercana y luego más allá de las montañas.

—John, puedes elegir tantas concubinas como quieras.

—¡Es demasiado difícil elegir, Lea! Me gusta esa, pero parece demasiado para mí. Esa se ve muy cachonda, no sé por dónde empezar.

—Bueno, tienes mucho tiempo. Estaré en la sala principal esperándote. ¡No te tardes!

—Jesús, ¿por dónde empiezo? Oh, Dios, las cosas que tengo que hacer por la humanidad.

Una defensa robusta

Después de establecernos en La Meca, tomé el papel de nuevo comandante mientras que Carlos y Pérez tomaron medidas para entrenar a los guerreros y agricultores de La Meca.

—Entonces, Carlos, ¿cómo podemos servir?

—Bueno, te diré, fui entrenado por la Fuerza Especial Mexicana en los viejos días, tengo una vasta experiencia en diferentes áreas de entrenamiento militar. Entonces, ¿cuál dijiste que era tu nombre?

—Mi nombre es Ledesna, soy la segunda al mando de Lea.

—Bueno, Ledesna, es bueno tener a alguien que conozca el servicio.

—Entonces, explícame cómo puede mejorar nuestra defensa para mantener a nuestra gente segura.

—Déjame decirte, Led. ¿Puedo llamarte Led?

—Sí, como quieras.

—¡Genial! Primero, necesitamos usar este río para nuestro beneficio. Será mucho trabajo, pero, si se hace bien, ayudará en caso de que haya fuego en el pueblo. Construiremos un acueducto que pueda abastecer a este pueblo de agua en todo momento, llevar agua a mano toma más tiempo. Esto traerá resultados instantáneos a nuestra aldea. Necesitamos tener reservas de alimento, al menos un suministro de seis meses. Tenemos mucho espacio para almacenar. Enseñaremos a nuestras tropas a burlar, a combatir mano a mano, a usar armas de fuego. Necesitamos tener una fuente de municiones y almacenamiento, necesitamos torres en cada puerta y vigilancia las veinticuatro horas, tres turnos. Necesitamos discutir las amenazas que nos rodean, especialmente el inminente ataque por parte de Ariana. Para nuevas sugerencias, tendremos una reunión diaria en esta sala. ¡Necesitamos nombrar a algunos guerreros que tomen la iniciativa en los próximos días para nuestra preparación! ¿Se entiende esto, Led?

—¡Sí, Capitán! ¡Comenzaremos lo antes posible!

—Led, es muy importante que nos tomemos esto en serio. Serás mi sucesora cuando llegue el momento de nuestra partida.

—¡Entendido, Capitán!

—Cuando estemos solos, puedes llamarme Carlos.

—Carlos, hablemos en privado, por favor. ¿Alguna vez has pensado en comenzar una nueva vida en este mundo que habitamos?

—Sí, muchas veces. Ahora que tengo la oportunidad, no me parece tan simple. No hay esperanza, especialmente para mí. Llegará el momento en que te diga quién soy realmente. Tal vez entonces lo entiendas.

—Está bien, Carlos. Cuando estés listo, estaré allí para ti.

—Entra. ¡Nuestra clase comenzará en breve!

—Mi nombre es Nancy Pérez, soy su nueva maestra de agricultura y supervivencia. Quiero hacerles una pregunta a todos los aquí presentes. ¿Por qué es tan importante tener conocimiento de supervivencia? ¡Sí, tú! ¿Cómo te llamas?

—¡Abigail Johansen! Sólo los fuertes sobreviven. No hay más.

—Suena razonable, pero ¿y si todos somos sobrevivientes de la guerra? ¿Cómo podemos manipular las circunstancias por las que pasamos para poder sobrevivir?

—Lo primero es lo primero. Buscamos fuentes de agua y comida como lo hacemos normalmente, ¿no?

—Sí, pero al mismo tiempo racionamos para tener un suministro que nos dure días, o racionamos hasta abastecernos más allá que las necesidades. ¿Qué pasa con el agua? ¿Nadie? El agua es un recurso valioso del que necesitamos un suministro constante, ¡o morimos! Podríamos construir un agujero en el suelo con la esperanza de encontrar agua, pero aquí en La Meca tenemos un río cerca, pero el agua es difícil de cargar, por lo tanto, hay que prepararnos lo antes posible para dejar de cargarla. ¿Qué hay de encender fuego para mantener alejados a los animales peligrosos? Necesitamos ser conscientes y tener conocimiento de las criaturas, animales y plantas que puedan ser una amenaza para nuestra existencia, pero los incendios también atraen a personas salvajes, saqueadores, es una decisión difícil de tomar. Seamos breves. ¡Vamos al campo para el entrenamiento práctico!

—Pérez.

—¿Sí, Abigail?

—¿Qué tipo de pruebas enfrentaremos?

—Pruebas simples. ¡Tan pronto como acabemos con esta tarea, aumentaremos la intensidad del trabajo físico!

—Está bien, ¡suena genial!

—¡Pérez! ¿Cómo va tu día?

—Supongo que bien, Carlos. He estado escuchando varios rumores.

—¿Sí?, ¿como qué?

—Que estás haciendo un gran trabajo aumentando la seguridad y la defensa en el pueblo, todos hablan de eso. Estoy muy emocionado por el acueducto que acabas de comenzar a construir.

—Bueno, sólo estoy haciendo mi trabajo. ¡Tú tampoco vas nada mal, ya eres de primera clase y hasta los llevas al campo para practicar tus lecciones!

—Bueno, supongo que es mejor actuar de inmediato. No hay tiempo que perder. Ariana podría estar observándonos ahora mismo.

Muerte súbita

Mientras hacíamos los preparativos para construir el acueducto y entrenábamos a nuestras defensas en el arte de la guerra y la supervivencia, nuestro pueblo fue atacado.

—¡Qué demonios! — Carlos gritó —. Todos tomen sus posiciones. Torres, bloqueen al enemigo. Usen arco y flecha.

Recuerden su entrenamiento. Ledesna, toma a tus exploradores y reúne a tu mejor equipo. Toma la puerta trasera y rodea al enemigo. Atacaremos desde la puerta principal. ¡Toma esta radio y llámame cuando estés en posición!

—¡Sí, Capitán!

—Guerreros, atención. ¡Prepárense para luchar!

—¡Carlos! ¡Voy contigo!

—¡No, Pérez! Quédate aquí y ayuda a los aldeanos. Manténgase bajo tierra. Preserva la posición defensiva aquí. ¡Prepárate en caso de que no regresemos!

—¡Está bien, lo haré!

—¿A dónde crees que vas sin mí, Carlos?

—¡John, no deberías estar aquí!

—Oye, no te preocupes por mí. Recuerda que estamos juntos en esto. Además, soy el líder y es mi deber estar en primera línea.

—No es una buena idea, John, pero, si insistes…

—¿Cuál es tu plan, Carlos?

—Atacamos con toda nuestra fuerza. Cúbrete, Led. Ella golpeará al enemigo por sorpresa. ¡Crearemos una distracción para que pueda hacer su movimiento!

—Bien. ¡No sabrán lo que los ha golpeado! Primera batalla y ya en el corredor de la muerte, ¡ja, ja!

Mientras avanzábamos hacia el frente de la entrada del pueblo, nuestro intenso entrenamiento demostró no haber sido en vano. El enemigo estaba tan sorprendido con nuestra agilidad y poder que comenzó a retroceder y se dispersó hacia una vergonzosa derrota.

Victorioso

—¿Quiénes eran esas personas, Lea?

—Uno de nuestros enemigos comunes. En el pasado se han perdido muchas guerras, pero se han ganado otras tantas. Es una confrontación interminable, pero, ciertamente, hoy ha sido una de las muchas luchas en las que la gente de las cavernas retrocede y se retira. Hoy es un día de redención. Hoy celebramos nuestra victoria porque mañana será una nueva era para nuestro pueblo, una era en la que gobernaremos esta tierra. Y todo gracias a ti, John. Y a tus amigos. La gente de los pueblos que nos rodean vendrá a pedir nuestra ayuda y disciplina. ¿Cómo responderemos cuando llegue el momento? ¡Será la única manera de cambiar el futuro! ¡La profecía dice que un nuevo ejército se levantará a tiempo para ayudar al elegido en su viaje a la Nueva Tierra! ¿Cómo responderás a tu destino?

—¡No lo sé, Lea! No sé nada del mañana. Regresemos a la cabaña, tengo que pensar con cuidado en nuestro próximo paso.

—Como quieras, mi querido.

Mérito

—Oye, Carlos, los derrotaste y fue fantástico.

—Tuvimos suerte, Lea.

—Ledesna lo hizo muy bien, tomándolos por sorpresa. Ella me impresiona más cada día, es fuerte y astuta. ¿Crees que algún día sería una gran líder?

—Ella es un gran soldado. Seguro que también puede ser una gran líder.

—Por favor, ayúdame a fortalecer nuestro ejército, a alistarlos para derrotar esta amenaza.

—¡Haré lo mejor que pueda! No te preocupes por eso. Teníamos un trato, ¿verdad? Haré mi parte, como prometí. Lo único que pido a cambio es su pleno compromiso y su confianza.

—¡Después de hoy, tienes todo eso y a mi gente a tu disposición!

—Nadie se opondrá a tu pueblo mientras yo viva.

—Serás el tercero al mando, en caso de que John y yo no estemos presentes por alguna razón. ¿Entiendes?

—¡Entiendo, Lea, como quieras!

—Gracias, Carlos. ¡Te lo debemos, y estamos muy agradecidos por ello!

—Buenas noches.

—¡Buenas noches, Lea!

Pérez se acercó a Carlos.

—Hola, Carlos.

—¿Qué pasa, Pérez?

—Veo que tuviste una larga conversación con Lea.

—Sí, sólo algunas palabras. ¡Me nombró tercero al mando en la aldea!

—¡Guau! ¡Qué rápido, Carlos! Y te lo mereces. Has demostrado tu valía.

—Hay mucho más por hacer, Pérez. Este es sólo el comienzo de las guerras que vendrán. Sólo espero que estemos listos cuando sucedan.

—Todo estará bien, ya verás.

—¿Cómo va tu trabajo, Pérez?

—Mejor de lo que pensaba. Necesitaré tu ayuda para expandir aún más nuestro territorio para la cosecha. Si aseguramos el perímetro durante los próximos dos años, definitivamente podemos hacer crecer nuestra aldea a proporciones sobresalientes. ¡Básicamente podemos comenzar una nueva vida aquí y olvidarnos por completo de nuestro viaje!

—Me encanta esa idea. ¿Cuántos refuerzos necesitaríamos?

—Bueno, se trata de un perímetro de cuatro millas cuadradas, por lo tanto, necesitaremos diez o veinte personas más de las que tenemos disponibles. Tenemos que asegurarnos de que todos los calificados comiencen a entrenar mañana. Tenemos que asegurar todas las áreas río abajo.

—¡Recuérdame mañana que me ocupe de este asunto! ¡Descansemos un poco mientras podamos! Buenas noches, Pérez.

—Buenas noches, Carlos.

—¡Ojalá nuestro "último hombre" tenga una gran noche! Sólo deseo que algún día podamos vivir en paz. Nosotros creamos nuestro propio destino, Pérez. Prometo que llegaremos a Nuevo Edén. Un día a la vez.

CAPÍTULO TRES

ALIANZA

Intruso

—Buenos días, esposo. ¿Cómo estuvo tu noche?

—Dios mío, tengo dolor de cabeza. ¡Todo lo que puedo recordar es que tuvimos una noche salvaje! ¡No es fácil cuidar a cinco mujeres! Ja, ja.

—Supongo que somos demasiado para ti.

—Cómo crees. Podría haber seguido toda la noche.

—Sí, claro… primera ronda y te quedas dormido. Sigue soñando. Entonces, ¿qué vamos a hacer primero?

—Primero, veamos cómo va el entrenamiento.

—Te espero en el campo de entrenamiento, John.

Con tantas tareas en mano y poco tiempo para fortalecer a la tribu de La Meca, no dudé en implementar nuevas técnicas de batalla. Carlos se estaba tomando su papel muy en serio y se notaba que Lea estaba muy ansiosa por los resultados.

—¡Carlos!

—¿Sí, Lea?

—Veo que has adoptado un enfoque diferente en la estructura de batalla que usamos para nuestra defensa. Y no puedo decir menos de toda la siembra y acueducto, está avanzando rápidamente.

—¡Todo va de acuerdo con el plan! Nuestros guerreros aprenden rápido. Tan pronto como terminemos el entrenamiento, comenzaremos todos los trabajos en el acueducto del río y construiremos las torres para tener una mejor vista desde la cima de la montaña. ¡Necesitamos explorar el área para asegurar el perímetro para nuestro nuevo plan agrícola! ¡Tenemos mucho que hacer, comandante!

—Bien hecho, excelente trabajo. ¡Tendremos una reunión de grupo al mediodía! Nos vemos allí.

—¡Oye, John!

—¿Y ahora qué, Carlos?

—Entonces, ¿qué pasó anoche?

—¡Jesucristo, Carlos, fue una maravilla! Hombre, nunca había tenido tanto sexo en una noche. No puedo sentir mis piernas.

—Eres un enfermo. Sólo de pensarlo me da náuseas.

—Deberías intentarlo alguna vez. Te encantará.

—Dame una oportunidad y te regalo una noche salvaje.

—Ahí vas otra vez. ¡Eres asqueroso, Carlos, ni sueñes con tener sexo conmigo, cabrón!

—No aguantas ni una broma. Yo te dije que no me molestaras más, pero tú sigues insistiendo. Pero, sabes qué, vamos a cambiar de tema: ¿cuáles son los planes de Lea?, ¿te ha dado alguna orden?

—Quiere hacer una alianza con algunas de las aldeas que nos rodean para fortalecer nuestros números.

—No sé, John, me parece mala idea. ¡Deberíamos concentrarnos en dar al pueblo la disciplina y todos los recursos necesarios hasta que nos vayamos! Crear alianzas empeora los problemas y los hace más difíciles de manejar. ¿Qué pasa si ya tienen una alianza con

Ariana? ¡Qué pasa si somos capturados por estos otros *aldeanos*!

—No te preocupes, mencionaré esto en la reunión. Primero déjame hablar con Lea. Carlos, ¡es difícil juzgar a los demás y, al mismo tiempo, dejar de tomar medidas para fortalecer al pueblo! Habrá amenazas, eso es seguro, pero, si nos mantenemos unidos, podemos superar cualquier cosa.

—Espero que tengas razón, John,

—Estoy seguro.

—John, me iré unas horas. Estaré aquí antes del mediodía para la reunión.

—¡Ten cuidado, Carlos!

—Tendré cuidado.

No puedo negarlo, al principio no me caía bien Carlos, en absoluto. Tengo que confesar que, supongo, estaba celoso de su entrenamiento y su conocimiento de supervivencia. Tal vez por eso fui terco y sarcástico con él.

—¿Lea? ¡Carlos se va para asegurar el perímetro y seguir con la construcción del acueducto!

—¡Guau, tanto que hacer y tan poco tiempo para prepararse para una guerra inminente! Admiro la dedicación de Carlos, ha cambiado mucho.

—Lo sé, está muy preparado en las artes de la guerra y, sin embargo, tiene un lado sensible. ¡Es un gran soldado y un excelente líder! Quería darte esto, Lea.

—¿Qué es, John?

—Es mi amuleto. Me ha protegido durante mucho tiempo. Quiero que lo guardes.

—Oh, es hermoso. Gracias John. Si alguna vez lo quieres de vuelta, lo entenderé.

***

—¡Entonces, aquí es donde se están escondiendo! Ariana estará encantada.

—¡Oye, tú! ¡No te muevas!

—¡Mierda, me han visto!

Después de dos puñetazos y una patada devastadora en la cabeza, el intruso huyó después de enviar un mensaje a Lea.

—Dile a tu jefa que mi nombre es teniente Andrea Harris.

¡Ariana vendrá por ustedes y destruirá esta aldea!

—¡Tenemos un intruso! ¡Haz sonar la alarma!

—John, ¿qué demonios?

—Nos han rastreado. Lo sabía, bajamos la guardia. ¿Qué vamos a hacer, Lea?

—¡Cálmate, John!

—No me digas que me calme. Nos han visto, es sólo cuestión de días antes de que Ariana ataque. ¿Dónde está Carlos cuando lo necesitamos? ¡Debería estar protegiendo esta aldea!

—Averigüemos quién es el intruso.

—¿Qué pasó?

—Recibí una patada en la cabeza. No puedo recordar. ¡Lo siento!

—Está bien. Descansa aquí y dime qué pasó.

—Estaba haciendo, recorriendo el jardín en la parte posterior del pueblo, como todos los días, y vi a una persona en los arbustos, pero no la reconocí. Tenía camuflaje militar, así que me acerqué rápidamente y le pedí que no se moviera. Me dijo que era la teniente Andrea Harris, y me dijo el nombre de su comandante, alguien llamado Ariana. ¡Dijo que Ariana destruirá esta aldea!

—¡Te lo dije, Lea, estamos en gran peligro! Tan pronto como Carlos regrese, tenemos que evacuar el pueblo.

—Es broma, ¿verdad, John? No podemos irnos nada más así.

—Entonces dime, Lea, ¿qué se supone que debemos hacer? ¡Nuestra gente aún no está completamente capacitada! ¡Y nuestra potencia de fuego no está ni cerca de la de Ariana!

—Está bien, que nadie entre en pánico. ¡Resolveremos esto en la sala de conferencias!

—¡Escuchen, Lea, Ledesna, ¡hagan que nuestros guerreros regresen de asegurar el perímetro! ¡Todos vuelvan a sus tareas! Envía a alguien para que traiga a Carlos. Lo necesitamos aquí, rápido. Ledesna, Lea, vengan conmigo.

—¡Lo encontraré, John!

—¿Estás segura, Pérez?

—Sí, necesito un poco de aire fresco. Volveré lo antes posible.

—¡Cuídate!

—¡Me llevo a Abigail conmigo!

Así que... no tuve más remedio que enviar a Pérez y a Abigail a buscar a Carlos y traerlo de regreso a La Meca. Tenía mucho miedo de que Ariana atacara nuestras puertas en cualquier momento. Supongo que no podía aceptar cuánto necesitaba a Carlos.

—Fue una buena idea venir contigo, Pérez. Estaba estresada. ¡No me gusta estar en el pueblo todos los días!

Cuentos

—¡Se siente bien estar aquí!

—Esta no es una excursión común, Abigail, hay que tener cuidado. Recuerda, ya hemos estado bajo ataque dos veces, ¡y todo es por nuestra culpa!

—¿Qué tan loca está esta gente, Pérez? Quiero decir, teníamos todo en la vida, ¡ahora estamos luchando por el territorio y la posesión como al principio de los tiempos! Tarde o temprano el mundo se iba a acabar, ¿verdad? Quiero decir, recuerda nuestro pasado: la religión dividió a la gente, el gobierno enseñó que estaba bien matar por la tierra y mira dónde estamos, somos peores. ¡Sin civilización, sin cuentas que pagar, agua gratis, luz gratis, comida gratis, pero sin libertad alguna! ¿Cómo era tu vida antes de esto, Pérez?

—Mi vida era un poco complicada. Prefiero no hablar de eso.

—Entiendo, pero, para que lo sepas, puedes confiar en mí. Prometo que no se lo diré a nadie.

—Gracias, Abigail.

—Mis padres murieron en un accidente de coche cuando yo tenía diez años, Pérez.

—¡Oh, lo lamento!

—No lo sientas, ahora es sólo el pasado. ¡Pero admito que los extraño mucho! Después de su muerte, mis tíos me acogieron. Me escapé de su casa cuando tenía diecisiete años. Vine a México de vacaciones con amigos cuando cumplí diecinueve. ¡Estábamos en Cancún cuando comenzó la Gran Guerra! No sabíamos qué hacer cuando los asesinatos en masa comenzaron, entonces nos escondimos por un tiempo bajo los escombros de los hoteles que estaban medio en pie. Luego escuchamos pasar aviones, y salí y miré para saber si eran aliados o enemigos. Pero, para mi sorpresa, los aviones lanzaban barriles a las multitudes. Al principio no pensé que fuera nada más que suministros, pero cuando los barriles tocaron el suelo comenzaron a liberar productos químicos. El primer efecto que vi en una persona fueron convulsiones. Luego, mientras seguía mirando desde la distancia, comencé a percibir a todas las personas que escaparon sólo para ver escenas de horror y canibalismo. Su fuerza era fenomenal y su velocidad era increíble. Cuando vi la horrenda escena, me volví hacia mis amigos y les dije que teníamos que irnos o íbamos a morir. Uno de ellos me preguntó qué vi y cuando se lo dije no me creyó, así que salió corriendo para verlo él mismo, ¡voló nuestra cubierta! Los zombis comenzaron a perseguirnos, así que salimos de los escombros y corrimos directamente al bosque. Mientras los humanos parecidos a zombis nos perseguían, mi amigo fue capturado y los zombis comenzaron a comérselo vivo. Mientras devoraban a mi amigo, tuvimos la oportunidad de escapar de una muerte segura. ¡Era su vida o la de todos nosotros! A pesar de que escapamos por un tiempo, nuestro destino parecía sombrío porque no teníamos a dónde correr. Eventualmente descubrimos que el efecto del gas era temporal, pero el propósito era que los caníbales mataran a todos los que no estaban expuestos a los productos químicos, ¡específicamente a los hombres! Eventualmente, los hombres que fueron expuestos al gas murieron, pero hubo diferentes efectos del virus, a los que sobreviven los llamamos salvajes. Sólo se necesita una mordedura para llegar a ser como ellos, así que debemos tener cuidado. A pesar de que la guerra mató a muchas personas, ¡algunos de nosotros logramos sobrevivir! Yo, por ejemplo, pero no todos mis amigos sobrevivieron al camino. Algunos murieron de hambre, otros se fueron y a otros los enterré. ¡Mi último amigo murió al caer de un acantilado una noche! Ha sido un largo viaje, pero en mi último esfuerzo encontré este pueblo. Viajé durante muchas semanas sin dirección, ¡pero terminé aquí! Lea me acogió cuando me encontró junto al río, inconsciente. Ella me dio la bienvenida y me contó todas estas grandes historias que no creía al principio. ¡Hablaba constantemente, día tras día, a todos los recién llegados! Lea predicaba y cada palabra comenzaba a permanecer, fiel, en mi mente. ¡Creía, con todo mi corazón, que sus palabras eventualmente se harían realidad! Estos seis años han durado una eternidad. Ella nos enseñó a defendernos y peleamos muchas guerras contra los enemigos que quisieron apoderarse de nuestra aldea. ¡Comencé a creer realmente en lo que decía! Luego, cuando ustedes llegaron, estaba realmente convencida de que estaban aquí para llevarnos al Edén.

—¿Cómo sabes hacia dónde nos dirigimos?

—Hay algunas cosas que no puedo decirte, ¡pero tu viaje traerá muchas dificultades y grandes decisiones que sólo tú puedes cambiar! No puedo revelar estas cosas a los que cambiarán el destino de esta tierra moribunda.

—¡No entiendo!

—Entenderás. Conozco tu depresión y sé lo que realmente te molesta. Encontrarás lo que buscas en el Edén, ¡prométeme que tendrás fe en ti misma y que, cuando llegue el momento, seguirás tu corazón!

—¡Lo prometo!

Construcción

—¡Oye, Carlos!

—¿Qué están haciendo aquí?

—Perdón por interrumpir, Lea quiere verte.

—Tuvimos una brecha de uno de los soldados de Ariana. Ella escapó, ¡pero no pasará mucho tiempo antes de que regrese con más potencia!

—Bueno, bueno, ¡parece que Ariana no se detendrá ante nada para obtener lo que quiere! ¡Entonces se lo daremos!

—¿Qué quieres decir, Carlos?

—Tenemos que prepararnos para este ataque lo antes posible. Necesitamos construir este acueducto. Aquí están las direcciones, Pérez. ¡Llévale este plan a Ledesna y asegúrate de que todos comiencen a trabajar!

—Sí, Capitán.

—Enviaré más ayuda desde el pueblo. ¡Asegúrate de que todos permanezcan en alerta! Volvamos antes de que caiga la noche para discutrir todos los planes allí.

—Como lo solicites, Capitán.

—Vamos, Pérez.

—¡Abigail, volvamos al pueblo!

—¡Sí, sí, Pérez!

—¿Estás lista para esto?

—Nunca he estado más lista en mi vida. Realmente espero que tu plan funcione, Carlos.

—Va a funcionar, lo prometo. ¡Ariana no sabrá qué la golpeó!

—Lea, John, Led, este es el plan que quiero ejecutar cuando Ariana decida atacar. Nos aseguraremos de que se retire. ¡Esto nos dará tiempo suficiente para establecer nuestras reglas y dejar a esta aldea fuerte y capaz de contrarrestar cualquier ataque!

—Carlos, tienes mi consentimiento para proceder. Lea ha revisado tu plan y no puede estar más contenta. Le has dado todo el apoyo y los recursos disponibles. ¡Por favor, haz buen uso de ellos!

—Lo haré, gracias. ¡Tenemos mucho trabajo por hacer! Bien, todos, se levanta la sesión. ¡Regresen a sus posiciones con el plan en mente!

—Oye, Carlos, quiero hablar contigo.

—Sí, John.

—Si esto funciona, ¿cuánto tiempo necesitamos para salir de esta aldea de la manera más segura?

—Cuando llegue el momento, te prometo que nada se interpondrá en nuestro camino. Por mi parte, haré todo lo posible para fortificar al pueblo. En los pocos días que estuvimos aquí, nunca me sentí tan apegado a nada, me siento como en casa. Perdimos nuestro mundo hace unos años, y, volver a perder esto… ¡simplemente no puedo imaginarme estando tan solo como lo estuve durante los últimos seis años! Cuando regresemos del Nuevo Edén, me quedaré aquí para siempre. ¡Nadie me quitará esto!

—¿Qué te hizo cambiar de opinión?

—Supongo que todo lo que ha sucedido recientemente me ha ayudado a ver que la gente nos necesita. Date cuenta de lo equivocado que he estado. Siento mucho no haber confiado en ti.

—Gracias.

—Es mi trabajo. Me encanta lo que hago.

—¡Lo sé! Pero, aun así, si no fuera por ti no estaría vivo.

—En realidad es gracias a Pérez que todavía estamos aquí.

—¡Sí, lo olvidé totalmente! ¿Qué podemos esperar de Ariana en los próximos días?

—Es difícil calcularlo, John, pero tenemos la ventaja, y debemos presionar duro para terminar de asegurar el perímetro y construir una torre al nivel de los árboles más altos, cerca de donde aterrizamos.

—¿Por qué allí?

—¡Es un lugar perfecto desde donde ver a todos los enemigos entrantes desde la base! No estamos tan lejos de la capital, recuerda, podrían estar aquí mañana y ni siquiera lo sabríamos. La única protección que tenemos es el denso bosque y esta montaña empinada, ¡así que date prisa!

—Cualquier cosa que necesites, por favor, dime, Carlos. ¡Con gusto te ayudaré!

—Comencemos. Hablemos más tarde.

Mensaje

—¡Comandante Ariana, los encontré!

—¿Dónde están?

—¡Residen en la Montaña Oscura, en el pueblo de La Meca! ¡La única forma de entrar es escalando la montaña! El área está protegida por ella y hay enormes paredes al lado del río, ¡es imposible atacar por ese lado!

—Veamos. Mira aquí en mi mapa.

—¡Están aquí!

—¡A-ha, así que utilizan la montaña y el río para su ventaja! ¡Necesitamos planificar! ¿Tenían alguna potencia de fuego?

—No pude ver más que dos torres y algunos soldados armados, ¡los dirige un hombre!

—¡Debe ser el mismo que se infiltró en la base! Teniente Harris, tenemos que empezar a reforzar nuestra armada y extraer a este hombre. ¡Lleva pocos recursos! ¡No podemos perder tantos soldados en la batalla! Escucha con atención, debemos hacer notar nuestra presencia para que crean que atacaremos. Entonces nos retiramos para que piensen que estamos retrocediendo, ¡y vendrán tras nosotros! Cuando abandonen su primera línea de defensa podremos infiltrarnos y tomar a su líder. Al otro lado del río deberemos tener un bote listo para tomar al hombre como rehén. ¡Podemos saltar fácilmente de la pared a un lado río y robar su posesión más preciado!

—Suena como un gran plan, pero ¿cómo sabemos que funcionará?

—¡Sólo hazlo e infórmame cuando todos los preparativos estén listos!

—¡Comandante, lo haré!

Aliados

—¡John, quiero que me acompañes al pueblo que está al norte! Llevaremos a Carlos y a algunos guerreros para mantenernos a salvo.

—¿Estás segura, Lea?

—¡Sí! Es nuestra única esperanza de poder luchar contra Ariana en un campo de juego equilibrado. Ella tiene un ejército fuerte y nosotros sólo estamos protegidos por nuestra posición geográfica, conocemos esta tierra como nadie. Pero sé que tenemos que estar preparados para su llegada, tenemos que estar un paso delante de ella.

—Está bien. Entonces déjame buscar a Carlos, ¡y te alcanzaremos!

***

—¿Quiénes son exactamente esas personas, Lea?

—Esta tribu es de la región noreste de Veracruz, bueno, lo que solía ser Veracruz.

—¿Podemos confiar en ellos?

—Ya antes se han unido a nosotros contra Ariana. Hay algunas cosas que no puedo decirte, John, lo siento. El tiempo revelará tu destino y no puedo alterar eso. Si realmente quiero cumplir tu destino, cualquier cambio alterará tu pasado.

—No entiendo lo que estás diciendo. ¡Lea, explícame, por favor!

—Pero no puedo, tu tiempo llegará: ni antes, ni después. Por favor, no te enojes, John, sólo trata de entender y respetar esta decisión. Cuando llegue el momento y la verdad te sea revelada, entonces entenderás mi silencio.

Las palabras de Lea giraban en mi mente. No pude descifrar sus palabras. Entonces seguí escuchándola para ver si algo me sonaba.

Después de horas de caminata, finalmente llegamos al otro pueblo.

—¡Oye, John! Toda esta confianza me está matando, podríamos caer en una trampa.

—¡Cálmate, Carlos! Todo va a estar bien, Lea no nos traería aquí si no estuviera segura.

—Prefiero esperar aquí en la entrada en caso de que algo salga mal.

—¡Bienvenidos, amigos! ¿Cómo puedo servir, Lea?

—Necesitamos hablar en privado, Maya.

—¡Sígueme, por aquí! Tus amigos pueden esperar con los demás.

—Él es mi esposo.

—Oh. Qué agradable sorpresa.

—Iré contigo, Lea.

—Cambié de opinión, John. Espera en la entrada con Carlos. ¡Yo me encargo desde aquí!

—¡Guau, así como así! Hemos estado casados por unos días, ¿y me estás abandonando? ¡Increíble!

—Nadie sabe para quién trabaja

—No te lo tomes como algo personal, te explicaré más adelante. ¡Volveré!

—¿Qué pasó, John?

—Me abandonó.

—Ja, ja, ja, ¿cómo crees?

—¡Esto no es gracioso, Carlos!

—No puedo evitarlo. Dios mío, tu primera semana y ya te estás peleando con tu esposa, ja, ja, ja. Oye, si necesitas consuelo, estoy disponible.

—Basta, preferiría morir en el pantano que estar contigo. Ella me explicará por qué no me llevó, ¡recuerda mis palabras!

—Si tú lo dices...

Letra chica

—Lea, ¿qué te trae a mi pueblo? Ha pasado bastante tiempo desde tu última visita. ¿Quiénes son estos dos hombres que me traes?

—¿Recuerdas la primera vez que nos conocimos?

—Sí.

—Conversamos acerca del hombre que aparecería, en cierto tiempo, para salvarnos de la extinción. ¡Este es el hombre del que cuenta la leyenda, el que traerá paz al mundo y nos salvará de las garras de nuestros enemigos! El día que apareció en nuestro pueblo, fue exactamente como decía la leyenda. ¡En la oscuridad de la noche, bajo la luna resplandeciente del otoño, el Salvador aparecerá para traer paz a aquellos que oyen su voz! Creo que este es el hombre que nos salvará a nosotros y a tu tribu de la destrucción. Algunas de las profecías ya han tenido lugar, muchas de sus concubinas cargan nueva vida en su vientre. Por eso es tan importante que me ayudes, Maya.

—Pero, ¿cómo puedo ayudarte?

—Tenemos un problema.

—Dímelo.

—Ariana viene tras nosotros, ella estará en nuestra aldea en los próximos días, ¡y necesito que tus guerreros me ayuden a derrotar a esa perra! Ella no se detendrá ante nada, quiere quitarme lo que es mío.

—¿Te refieres a ellos?

—¡Sí! ¿Me ayudarás?

—Si ese es el caso y prometes traer gloria a mi aldea, ¡aceptaré tus términos! Es un trato hecho. ¿Rechazarán este acuerdo?

—No, Maya, los persuadiré para que ayuden. Este es, sin duda, uno de esos días que celebraremos. Quédate aquí por la noche, Lea.

—Podemos partir mañana al amanecer. Vamos a celebrar.

—¡Pueblo huasteco! ¡Ha llegado el momento de mantenerse firme y estar agradecido por este día! ¡Mañana uniremos fuerzas con Lea, de la tribu Meca! Hemos luchado guerras juntos en el pasado y ahora necesitan nuestra ayuda. Hemos llegado a un acuerdo que seguramente complacerá a todos. ¡Nuestra gente volverá a pelear con las mecas para florecer! ¡Así que hoy celebramos, mañana partimos!

Engaño

—¿Qué quiso decir con "florecer", Lea?

—Ah, le prometí que ayudaría a su aldea a expandirse como la nuestra.

—Espero que no estés hablando de más actividad sexual para mi amigo aquí presente, Lea.

—¡No, Carlos! Te prometí a ti.

—¿Cómo pudiste hacerme esto después de todo lo que hice por ti?

—Escucha, sé lo que tenemos que hacer. ¡Sólo dame la oportunidad de mostrarte lo que quiero decir!

—¡Lea, tiene razón! ¡Esta no es la forma de hacer las cosas!

—¿Qué esperabas? ¿Realmente crees que nos iban a ayudar sin pedir algo a cambio? ¡Mira a tu alrededor, John! ¡Eres el único hombre sobre la faz del planeta! ¡Cualquiera mataría por obtener un pedazo del pastel! Con Ariana cerca y muchas otras tribus y carroñeros que sin duda los buscarán a los dos, los encarcelarán y los tratarán como esclavos. ¡Carlos, escucha, por favor! Hay un lugar que todavía se utiliza hoy como laboratorio, si estás dispuesto, podemos llevarte antes de regresar a La Meca!

—¿Qué es este laboratorio? ¿Qué debo hacer allí, Lea?

—Déjame explicarte. Tengo un amigo que puede ayudarnos a encontrar una manera de hacer inseminación artificial. ¿Qué dices?

—¡Guau! ¡Supongo que sabías que algún día encontrarías hombres! ¡Estás dispuesta a hacer cualquier cosa en tu poder para obtener lo que quieres!

—¡No lo tomes así, Carlos! ¡Sólo me estaba preparando para tiempos duros! ¿Qué pasaría si los hombres que encontramos no pudieran reproducirse? Tenía que estar preparada. Me dijiste que no estabas dispuesto a estar con una mujer, ¡pero nunca dijiste nada de esto! Así que, por favor, ayúdalas, Carlos.

—Está bien, si este es el camino más fácil, lo tomaré, pero no esperes que tenga contacto sexual con ninguna mujer. Mañana iremos al laboratorio, pero hay una cosa que debes prometerme.

—¡Adelante, habla!

—La próxima vez que algo así suceda, me lo advertirás primero.

—Lo prometo, Carlos.

—John, hablemos en privado. Adiós, Carlos.

—Dame un minuto con Carlos.

—Jesucristo, qué mala actitud tienes. ¡No te preocupes, saldré!

—¡Ledesna!

—¿Si, comandante John?

—Reúne a nuestras tropas y asegúrate de organizar los turnos para esta noche. ¡Vigila todas las puertas!

—¿Estás bien con John, Carlos?

—¿Por qué me preguntas si tú eres la líder al mando?

—No quiero romper la cadena.

—¿Desde cuándo empezaste a cuidar a John? Te juro que no lo recuerdo.

—Oye, cálmate, princesa. Sólo estoy tratando de hacer mi trabajo.

—John, detente. Ledesna, escucha a tu comandante. Sólo recuerda que siempre me preguntas a mi primero, sin importar quién te dé órdenes.

—¡Sí, sí, Capitán!

—¿Qué pasa, Carlos?

—¿Cómo pudo hacerme esto?

—¡No lo sé! Tal vez ella sabe algo que nosotros no.

—¿Por qué dices eso, John?

—Ha estado actuando raro últimamente, hablando sin sentido, y ahora está ocultando algo importante. Cada vez que la veas hablando con Maya, averigua el motivo de su conversación. Espera a que caiga la noche y luego te acercas.

—Lo intentaré.

—Está bien, amigo. Iré a tomar aire. Si necesitas algo, estaré afuera.

—Hasta luego, John.

Verdad y confusión

—Lea, quiero hablar contigo en privado.

—Ven a mi tienda. ¿Qué pasa, Maya?

—Se te nota que no me dijiste todo lo que querías esta mañana. Por favor, no me ocultes nada.

—Es complicado. Haré todo lo posible por explicarte.

Carlos se acercó más para escuchar mejor a Lea.

—Maya, hace mucho tiempo, nuestros antepasados hablaron y escribieron la profecía de la Última Guerra. La profecía decía que el mundo terminaría, también decía que, poco tiempo después de la calamidad, un hombre se levantaría de las cenizas y la tierra, ¡y el mundo florecería gracias a él! Pero, en la profecía hay algo que no quisiera decir para protegerlo a él y a nuestro mundo.

—¿Qué es, Lea? Puedes confiar en mí. ¡Te doy mi palabra!

—Está bien, Maya. La razón por la que he mantenido en secreto la última parte de la profecía es porque John morirá. Pero él no debe saberlo para que la profecía se haga realidad. En el momento en que lo sepa, la profecía se cumplirá.

Carlos se sorprendió por lo que había escuchado, y rápidamente se fue a buscar a John.

—Maya, hay algo más: si John muere, no hay nosotros, no hay futuro.

—¡No entiendo lo que estás diciendo, Lea!

—Para que la profecía tenga lugar, John tiene que mantenerse vivo hasta llegar al Nuevo Edén.

—¿Qué tiene que ver el Nuevo Edén con él?

—Ellos mismos saben de esta profecía. Ellos también han estado buscando a este hombre. Así que esta es la razón por la que te pido ayuda.

—Ahora lo entiendo. Todos mis recursos estarán a su disposición.

—Gracias, Maya, por confiar en mí. Tengo que irme.

—¡Saldré mañana al amanecer!

—¡Buenas noches, Lea!

***

Mientras Carlos corría, pensaba, *¿qué le voy a decir a John? Seguramente no puede descubrir que morirá. Necesito protegerlo a toda costa del ataque de Ariana.*

—John, he vuelto.

—¿Qué descubriste, Carlos?

—Nada importante, John. ¡Solo hablaban de los preparativos para nuestro regreso al pueblo! También dijo que eres muy bueno en la cama.

—¡Qué! ¿Le dijo eso a Maya?

—Oye, conoces a las mujeres y lo cachondas que pueden ser.

—¿Qué más dijeron?

—Eso fue todo, realmente.

—¡Tiene que ser broma!

—Lo siento, John, no hay secretos. ¿Sabes? Te agradezco por ayudarme a darme cuenta de que no todo es vano. ¡Gracias, de verdad! ¡Siempre te tendré en mi corazón!

—¿Qué pasa contigo, Carlos? Suena a que te estás despidiendo.

—No, sólo quiero que sepas cuánto te aprecio.

—No sé qué traes en la cabeza, Carlos, pero por favor no duermas cerca de mí esta noche.

—No te preocupes, no quiero meterme en problemas con Lea. Además, no eres mi tipo.

—Mejor vete, Carlos, mi comandante está esperando.

—Que tengas una gran noche, John.

—Buenas noches, Carlos.

* * *

—¿Qué les pasa, John?

—¿De qué, Lea?

—¿Carlos estaba coqueteando contigo?

—Cómo crees, Lea, sin duda lo amo como a un hermano, nuestra amistad es como ninguna otra. Soy una persona que piensa que el amor de una mujer es necesario, pero nosotros, como hombres, también necesitamos del afecto de un amigo, y ese es Carlos.

—Ya me estaba poniendo celosa, John. ¡Ja, ja!

—¡Lea! ¿Qué te trajo a este lugar después de la guerra?

—Ha sido un viaje difícil, John. Cuando llegué aquí, mi esposo todavía estaba vivo.

—¿Qué pasó?

—Murió tratando de protegernos a mí y a mi hermana. Fundamos un pequeño pueblo no muy lejos de aquí, y le pusimos el nombre del gran dios Quetzalcóatl. Vivíamos bien, pero un día los revendedores irrumpieron en el pueblo. ¡Sucedió tan rápido! Mi esposo mató a los invasores, ¡pero uno de ellos lo apuñaló mientras luchaban! Murió horas después. Tuvimos que abandonar el pueblo y me mudé a las montañas.

—Lo siento mucho, Lea.

—Antes de morir, me pidió que me preparara para lo peor y hablamos durante algunos unos minutos. Me dijo que construyera un hogar junto a las montañas y que comenzara una nueva vida. Fue entonces cuando bauticé al pueblo con un nuevo nombre y, como en el mundo que dejamos atrás me encantaban las tradiciones de los árabes, lo llamé Meca, por la ciudad en Arabia Saudita. Él siempre ayudaba a los necesitados y murió sabiendo de tu venida. Se fue feliz porque estaba seguro de que traerías paz. John, siempre estaré aquí para ti.

—Lea, si me pides que me quede, me quedaré. ¡Dilo!

Sabía, por su mirada, que quería que me quedara, pero al mismo tiempo vi algo en ella que me pedía completar mi misión.

—No, John. Te quiero mucho, pero no puedes quedarte. El Nuevo Edén te espera. ¡Estaré aquí cuando regreses!

—¿Hay algo que quieras decirme, Lea?

—No, el tiempo lo revelará todo. Ten paciencia.

—Está bien, mi amor, ¡a dormir! Pero, ¿te dormirás sin mi beso de buenas noches?

—No, nunca.

Lea me había dicho que quería un bebé, así que le tomé la palabra y trabajé duro esa noche.

Recuerdos

—¿No puedes dormir, Carlos?

—De verdad que no, Led.

—¿Por qué piensas tanto? ¡Es una noche hermosa! ¡Es emocionante haber venido aquí!

—¡Estoy ansioso!

—¿Qué dices? Ha pasado mucho desde que tuve un amigo en el que puedo confiar. Eres una gran inspiración para mí, Carlos.

—¿Por qué? Quiero decir, ¿qué he hecho?

—¡Viniste aquí a mostrarme a mí y a todos los demás cómo hacer las cosas, y nunca pensé que alguien como tú pudiera enseñarme cosas que no sabía! Tenerte es una bendición.

—¡Gracias! Tus palabras me reconfortan.

—Carlos, ¿alguna vez has tenido sentimientos por una mujer?

—Seré honesto, te contaré una historia que nunca le he contado a nadie.

—Sé guardar secretos.

—Hace mucho, antes de la guerra, vivía en Guadalajara. Estuve en la universidad UAG antes de unirme al ejército. Estaba emocionado por comenzar la universidad. Al principio, nadie quería ser mi amigo, me miraban como a un hijo de otro planeta, me hizo sentir terrible, pero me esforcé por no dejar que me afectara. Con el paso del tiempo, empecé a ser intimidado por muchos de los estudiantes Un día, una hermosa niña llamada Jimena Escalante me defendió de esos matones y Cupido me disparó en el corazón al instante. Nunca he visto a una chica así de hermosa. Al principio hicimos una gran amistad, pero, después de un tiempo, no pude ocultar lo que sentía por ella. Tuvimos una relación y, al final, tuve que dejarla ir, quería ser visto como alguien que no era. Le confesé que yo era diferente, que, aunque la amaba, tenía el deseo de estar con hombres. Ella lloró implacablemente, ¡le rompí el corazón! Y desde ese día prometí nunca lastimar a nadie más por mis dudas. Más tarde me enteré de que se fue a la capital con algunos amigos. Sólo recibí una carta en la que me decía que me deseaba lo mejor. Después de eso, nunca supe más, ni siquiera cuando me mudé a la ciudad también. Luego me uní a las Fuerzas Armadas en la división de la Ciudad de México. Nunca la encontré. Después de unos años ya estaba seguro de quién era, ¡estaba listo para casarme con un hombre hermoso cuando la destrucción vino sobre nosotros!

—¡Lamento mucho tu pérdida!

—Está bien. Ha pasado mucho tiempo. Ahora soy más fuerte.

—Eres un líder excepcional. Sólo deseo que algún día alguien como tú pueda entrar en mi vida.

—No estoy seguro de lo que me depara el destino, Led. Estoy muy confundido en este momento, sólo el tiempo dirá.

—Entiendo, estaré aquí cuando regreses de tu misión.

—Se está haciendo tarde. Será mejor que tomemos nuestras posiciones.

—¡Sí, Capitán!

Llegada al infierno

—¡Teniente Harris, informe de estado!

—Todo va según lo planeado. ¡Todos los suministros estarán listos antes de la salida! ¡Mañana podemos partir a petición suya!

—Sí, finalmente obtendré mi venganza. Lea, ya voy. Montaré tu cabeza en un pedestal, y no sólo eso, ¡sino que también mataré a todas las mujeres embarazadas!

—¡Comandante Ariana! ¡Tengo información que acaba de reciberse desde el satélite!

—¿Qué pasa?

—¡Tenemos movimiento visual de otras caravanas que van en la misma dirección, hacia el pueblo!

—¿Quién podría ser?

—Tal vez alguno de nuestros aliados está tratando de llegar allí antes que nosotros.

—¡Teniente, asegúrate de establecer una conexión con todos nuestros aliados al oeste y al este! ¡Debes interceptar a estos intrusos! Infórmame tan pronto como establezcan una conexión y verifiquen quién se está moviendo. ¡Prepara nuestras tropas para que partamos esta noche!

—¡Sí, comandante!

***

El momento que más temía había llegado. Ariana finalmente se mudaba con sus tropas y estaba aterrorizada por las posibles consecuencias en el futuro de La Meca. Pero seguro que nadie esperaba lo que estaba por venir.

—¡Pérez! ¡Nos movimos al este del accidente aéreo, a unas quince millas al suroeste! ¿Copias? ¡Cambio!

—¡Soy el Caballero de la Noche, copiamos! ¿Qué pasa? Repite. ¡Cambio!

—¡Una caravana militar se detuvo y se instaló! Parece que el enemigo ha establecido un campamento a unas quince o veinte millas al suroeste de la torre de control.

—¡Jesucristo, necesitamos que John y Lea lo sepan!

—Abigail, ¿sabes a dónde se dirigían esta mañana?

—Sí.

—Está bien, prepárate. Empaca y rodemos.

—¡Te veo en la entrada norte!

—Atención, todos. Tomen sus respectivas posiciones. ¡Defiendan este campamento con todo lo que tienen y esperan nuestro regreso!

—¡Entendido, Pérez!

—Abigail, ¿estás lista?

—Sí.

—¡Vamos! Toma esta pistola. Sabes cómo usarla, ¿verdad?

—¡Sí!

—Bien. ¿De qué se trata todo esto, Pérez?

—¡Creo que Ariana se está preparando para atacar!

—¡Mierda! ¿Qué hacemos?

—Necesitamos que Carlos nos guíe en esta guerra, de lo contrario, ¡este podría ser el fin!

—¡No quiero morir, Pérez!

—Cálmate, Abigail. ¡Todo va a estar bien! ¡Concéntrate en llegar a la otra aldea!

***

Maya, tenemos visitas en la puerta. ¿Qué quieres que hagamos?

—¡Que se cierren las puertas! Pregunta por su identidad.

—Sí, comandante.

—¿Quién eres?

—Mi nombre es Pérez. ¡Estoy buscando a Lea y a John! Venimos de la aldea de La Meca. ¡No queremos hacerles daño!

—Déjalas entrar, Wolf. ¡Son amigas!

—¿Qué pasa, extranjera?

—¡Traigo noticias problemáticas!

—¡Habla! ¡Di algo!

—Ariana está cerca. ¡Podría atacar mañana!

Armagedón

—¿Qué está pasando aquí? — preguntó Lea.

—Tenemos malas noticias, ¡Ariana está a tu puerta! ¡Podría atacar en cualquier momento!

—Jesús, tenemos que irnos, Maya.

—Haré los preparativos inmediatamente.

—Pérez, ¿cuándo empezó este movimiento?

—Hace unas horas. ¡Se acaban de acomodar y están acampando por la noche! Algo debe de haber salido mal, Ariana no tomaría la decisión de atacar tan rápido, algo debe haberla motivado a atacar tan pronto.

—John, busca a Carlos. ¡Es hora de irse!

El momento del que estaba aterrorizada sucedería, estaba ahí y me volvía loco. Nunca pensé que dependería de una persona como Carlos, que al principio parecía débil, pero lo necesitaba para sobrevivir.

—¡Carlos! ¡Carlos! ¿Dónde diablos está? Ledesna, ¿has visto a Carlos?

—¡Estuvimos hablando hace un tiempo! ¿Qué pasa?

—Ariana atacará mañana. ¡Necesitamos encontrar a Carlos para que lidere la batalla! Diles a todos que comiencen a buscarlo. ¡Salimos en treinta minutos! ¡Maya! ¡Lea! ¡Carlos está desaparecido!

—Tenemos que empezar a mover a nuestros guerreros, John. ¡No tenemos mucho tiempo!

—¿Qué pasa con Carlos?

—No podemos esperarlo.

—Él es nuestra fuente de conocimiento.

—Necesitamos trabajar con lo que tenemos, John. Nos vamos, como lo planeamos.

Cuando todos estuvieron listos, partimos sin Carlos. Yo, personalmente, no tenía la confianza suficiente. Las posibilidades parecían demasiado descabelladas.

Pero no perdí la esperanza de que Carlos llegara a tiempo.

***

—Nunca pensé que te extrañaría tanto. Después de todos estos años, quiero saber si todavía estás viva. Perdóname todo el mal que hice, Jimena. Prometo que te encontraré, aunque sea lo último que haga. Dios, por favor, apártala de mi mente. Será mejor que regrese al campamento y vea cómo están Lea, John y los demás.

Carlos, por su lado, estaba luchando consigo mismo, luchando contra sus emociones, yo no podía culparlo por haber pasado por algunas decepciones amorosas a través de su vida, sólo esperaba que pudiera hacerles frente y continuar con su vida.

—¿Qué? ¿Dónde están? Se fueron sin mí. Pero, ¿por qué? Algo debe de haber surgido. Jesucristo, ¿qué pudo haber pasado?

***

De vuelta en La Meca, las cosas eran normales por el momento, pero la duda y el miedo comenzaban a acumularse.

—¡Parece que todo va bien hasta ahora! Ledesna, contacta a el Caballero en la torre de control. ¡Obtén una actualización sobre la posición del enemigo!

—¡Sí, comandante!

—No contestan la radio.

—Lea, iré la torre de control para ver por qué no contestan.

—Iré contigo, Ledesna.

—¡No, John, quédate aquí! El enemigo te está buscando a ti.

—¡Necesitamos evaluar la situación!

—Lo sé, John, pero no voy a exponerte, ¿entiendes? Además, el ejército necesita un líder y ese eres tú hasta que Carlos regrese.

—Por favor, déjame ir.

—John, no. ¡Morirás!

—¡Qué quieres decir con que moriré! ¡Lea, habla!

—No quiero que pase nada malo. ¡Tengo miedo de perderte! ¡Por favor, te lo ruego, no vayas!

—No, aunque sea lo último que haga, ¡que así sea!, no me quedaré de brazos cruzados.

—¡John! ¡John! — Lea se volvió hacia Ledesna —. Ledesna, reúne a algunos guerreros y sigue a John de cerca, protégelo con tu vida.

—¡Sí, comandante!

—Andrea, reúne a un grupo de búsqueda y tráeme a Carlos. ¡Lo necesitamos aquí, rápido!

—Sí, comandante Lea.

—Entonces, esta es la montaña donde se esconde John.

—Sí, Jimena, nuestras investigaciones indican que este es el bosque donde residen. Los rumores se extendieron como un reguero de pólvora, cruzando muchas fronteras, y no pasará mucho tiempo antes de que todos vengan a buscarlo.

—¡Esta es nuestra oportunidad para atacar antes que nadie! Cuando tengamos el poder, nos estarán rogando por obtenerlo, ¡y será nuestra manera de esclavizar a este mundo! ¡Nadie se opondrá a nosotros, ni siquiera la poderosa Ariana! ¡Prepara a nuestros exploradores para comenzar la búsqueda de John!

—Sí, Señora Jimena.

—No aceptaré ninguna falla, Greda. ¡Respondes con tu vida!

—¡Afirmativo!

—Ahora, ¡déjame!

***

Después de que llegué a la torre de control en la montaña, ¡vi con mis propios ojos la invasión masiva que se preparaba para dirigirse hacia el pueblo! Tuve dudas sobre si fue la decisión correcta llegar a La Meca, llevándole todos los inconvenientes a la aldea, pero ya era demasiado tarde: tenía que terminar lo que empecé.

—Caballero, ¿Carlos te dio alguna orden sobre la estrategia de ataque cuando nos invadieron?

—En realidad, no. Nos preparamos para contrarrestar el ataque, pero nunca con Carlos.

—Jesús, ¿qué vamos a hacer? Carlos, ¿dónde estás?

—¡Comandante John! Ven y echa un vistazo al campamento.

—¿Qué es?

—Hay otra caravana en movimiento. Se dirige hacia el campamento enemigo.

—¡Qué! Si la caravana no es de Ariana ni nuestra, ¿quiénes son?

—Podrían ser aliados,

—¡No tenemos idea, comandante!

—¡Jimena! Tenemos compañía.

—¿Quién?

—¡Debe ser Ariana, de Revolución!

—Tropas, prepárense para luchar contra la tirana. Te mataré, Ariana, quieres lo que nos pertenece.

—Atención a todos los vehículos en movimiento, tomen las posiciones correspondientes. Fuego a mi señal.

—¡Sí, señora!

El campamento de Ariana

—Teniente Harris, ¿me oye?

—¡Sí! ¡Cambio!

—¡Soy Ariana! ¡Informe!

—Tenemos líneas enemigas preparándose para atacar.

—¿Es nuestro objetivo?

—¡Negativo, comandante! Es una caravana militar.

—Esto es una traición de la federación. ¡No se quedará sin castigo! Teniente, proceda con toda su fuerza.

—¡Entendido, comandante!

—¡Fuego a voluntad!

***

Observaba, desde la torre de control, una confrontación entre dos ejércitos distintos. ¡No podía creer lo que estaba pasando! Esta confrontación reduciría su fuerza y sería nuestra oportunidad para atacar el campamento.

***

—¡Señora Jimena, estamos bajo ataque!

—Comienza el fuego una vez que se acerquen lo suficiente ¿Quién diablos crees que eres, Ariana?

—Señora, ella es dueña de estas tierras, sería estúpido no pelear.

—¡Tenemos que ponernos bajo cubierta y esperara a que se acerquen! ¡No dispares hasta que dé la orden!

—¡Sí, señora!

***

—¡Jesucristo, no esperaba el ataque tan temprano! ¡Necesito llegar lo antes posible!

—¡Carlos! ¡Carlos!

—¡Andrea! ¿Qué pasó?

—¡Carlos, necesitamos tu ayuda! Los enemigos se acercan a la aldea de La Meca. Podrían estar atacando ahora. Están acampando cerca.

—¿Es Ariana?

—¡No lo sé! Cuando salimos de La Meca, las cosas todavía estaban bien.

—Tal vez comenzaron a atacar. ¡Tenemos que irnos ahora, Andrea!

***

Mientras nos dirigíamos a La Meca, discutimos los muchos escenarios posibles que podrían desarrollarse cuando entráramos en batalla. Había llegado el momento de mostrar mis habilidades en el campo.

—Está bien, escucha con atención: quiero que todos tomen una posición en los flancos cuando nos acerquemos a La Meca. Cualquiera que sea la situación, nos mantendremos en posición y cerraremos la distancia entre nosotros y nuestro enemigo, ¿entendido?

—Sí, Capitán.

—¡Procedamos y dividámonos en tres grupos! ¡Atención! ¡Rompan escuadrones y sigan adelante!

***

Mientras tanto, en La Meca, Lea comenzó a organizar y a hacer un inventario de todo lo que tenía que usar en el campo. Ahora sólo esperaba el momento adecuado para la batalla final.

—¡Pérez!

—¿Sí, Lea?

—Necesito que muevas toda la munición bajo tierra. Además, ¡llevemos a todo el personal no apto para el servicio y a las señoritas al sótano de almacenamiento subterráneo! ¡También necesitamos abastecernos de consumibles! ¿Entendido?

—¡Sí, comandante! Conseguiré que Abigail y otros me ayuden. Después de terminar con mis deberes, por favor, te ruego que me dejes regresar a la torre de control para acompañar a John.

—Pérez, no estás pensando seriamente en ir con John, ¿verdad?

—¡Necesito estar con él, nos necesita! Además, hemos estado juntos desde hace algún tiempo y lo amo como a un hermano. Él me salvó cuando llegamos aquí. ¡Se lo debo a él!

—Admiro tus sentimientos hacia John.

—Abigail, hagamos este trabajo rápido.

—Pérez, ¿cuántas veces has estado en guerra?

—Un puñado de veces, la peor fue cuando Ariana derribó nuestro avión, fue aterrador.

—No creo que haya nada peor que eso.

—Tienes razón. Me atormenta todo el día.

—¡Realmente no recuerdo todas las guerras, pero recuerdo el dolor que causaron al mundo! Hay veces que no puedo olvidar las expresiones de personas que mueren frente a mis ojos. A veces, eso todavía me hace llorar.

—Abigail, basta de hablar. Volvamos al trabajo.

—Ok, hagamos esto más rápido, carajo.

—Guau, qué confianzuda.

—Eres mi maestra, Pérez, estoy aprendiendo de la mejor.

* * *

—¡Jimena! Si no procedemos, perderemos la mayor parte de nuestra infantería.

—Ordené quietud hasta que yo diga que está bien atacar con todo. ¿Entiendes?

—¡Sí, Jimena! ¿Decir qué?

—Lo siento, Señora.

—Cuando se acerquen lo suficiente, utilice toda su fuerza en una posición de flanqueo.

—¿Posición de flanqueo? ¿Dónde aprendió eso, Señora?

Aparte de en la escuela militar, lo aprendí de alguien especial.

—Debe de haber sido algún hombre.

—De hecho, lo era, a su manera.

—¿Murió?

—No lo sé, pero es lo más probable.

—Lo siento.

—Está en el pasado. Ahora, cumple con tus órdenes. Perderemos parte de nuestra infantería, pero definitivamente haremos el trabajo. ¡Espere mi señal, coronel, luego atacas con toda tu fuerza!

—Recibido. ¡Ahora! Coronel, da la orden de ataque. Disparen con todo!

El campamento de Ariana (II)

—Comandante Ariana, nuestra infantería está perdiendo. ¡Están atacando nuestro suministro de armas! ¡Perdimos la mayor parte de nuestra carga y nuestra infantería no puede manejar el fuego que estamos recibiendo! ¿Qué hacemos, Ariana?

—¡Esto no me puede estar pasando a mí! Teniente Harris, retroceda y regrese a la base.

—¡Entendido, comandante! Atención, líderes de escuadrón: retrocedan ordenadamente y regresen a la base.

—Juro que me vengaré de ese intruso.

El campamento de Jimena

—¡Señora Jimena, se están retirando! ¡Hemos dispersado a los soldados de Ariana!

—Buenas noticias, Greda. Esto nos dará plena ventaja. Da la orden de acampar nuevamente, y procede con los planes a mil ochocientas horas. ¿Entendido?

—¡Sí, Señora Jimena!

—Dios mío, Ariana acaba de derrotar al otro ejército. ¡Ahora nos derribará sin piedad! Llévame a Lea con la radio, Caballero.

—¡Sí, comandante John!

—Lea, soy John. Ariana seguramente nos atacará ahora. Prepara a todos.

—Tan pronto como Carlos llegue, lo enviaré a la torre.

—¡Recibido, torre! ¡Carlos! ¿Dónde has estado?

—Lo siento, Lea. Necesitaba tiempo para pensar.

—Ariana acaba de derrotar a una caravana militar que se está retirando. ¡Ahora vendrán por este camino para destruirnos!

—Escúchame, Lea, esto es exactamente lo que quiero que hagas cuando comience la invasión: el acueducto que construimos fue desviado, río arriba, hasta donde está la torre de control. Quiero que ordenes que se abran las compuertas que se construyeron en las paredes del canal. El agua se verterá en el camino de la entrada a la torre de control. El agua y los productos químicos que agregamos harán imposible que la infantería suba. También agregué una sorpresa extra. Nos dará la ventaja para eliminar a Ariana y, si nuestras defensas fallan, habrá tiempo suficiente para huir. Prepara a todos. ¿Entendido? Pase lo que pase, por favor, toma estas instrucciones para los últimos preparativos.

—¡Carlos! No hables así, parece que no volverás.

—Las cosas cambian, Lea. ¿Dónde está John?

—En la torre de control.

—¿Qué está haciendo allí? Debería estar aquí, en La Meca.

—Lo intenté.

—Lo traeré de vuelta, lo prometo. Nos vemos más tarde.

—¡Que Dios te acompañe!

—¡Greda!

—¡Sí, Señora Jimena!

—Prepárate. Llévanos al bosque para preparar nuestro plan. Terminemos con esto.

***

—John.

—¡Carlos!

—¿Dónde estabas?

—Lo siento, necesitaba tiempo para mí.

—Entiendo.

—Oye, se están moviendo en esta dirección.

—¿Te aseguraste de preparar a Lea para el ataque?

—Sí, cálmate. A mi señal, liberará el acueducto. Envía la orden por la radio, John.

—¡Sí, Capitán!

—¡Será difícil para ellos luchar contra tantos problemas! Lo usaremos contra ellos, y, cuando no puedan atacar, asegúrate de que nuestros militares ataquen con toda su fuerza, John. Estaré a la vanguardia, esperando a los invasores.

—¡No, Carlos! ¡Por favor, no lo hagas!

—Es la única manera. Si me entrego, nadie tiene que morir. Ocuparé tu lugar. Nadie sabe que somos dos, excepto esta tribu.

—Con tantos rumores, no hay forma de que tu existencia sea secreta. ¡Se acabó! ¡Carlos!

—Por favor, no me detengas. Esta vez no va a funcionar. Prométeme: te encargarás de ellos y les mostrarás todo lo que te enseñé para que puedan defenderse.

—Lo prometo, hermano.

—Por favor, dile a Ledesna que tome el control del ejército. Adiós, John.

—¿Estás seguro de esto, Carlos?

—Adiós, hermano.

—Adiós, Carlos.

No estaba seguro de la razón que hizo cambiar a Carlos tan drásticamente durante la semana que habíamos estado juntos, pero no podía dejar de pensar en el sacrificio que estaba dispuesto a hacer por el bien de los demás. Mi mente cambió ese día, decidí asumir toda la responsabilidad de mi pueblo, de mi gente.

***

—¡Señora Jimena! Hay alguien parado en la entrada del bosque.

—¿Quién?

—Es un hombre

—¿Qué? Debe de ser John. Dame los binoculares. Veamos quién eres. ¡Esto no puede ser! ¡No, es imposible! ¡No! ¡No es él! — Jimena lloró —. ¿Por qué? Necesito verlo con mis propios ojos. Espera aquí, Greda.

—¡Carlos! ¿Eres tú?

—¿Quién eres?

—Soy yo, Jimena.

—No puede ser. ¿Eres realmente tú, Jimena?

El corazón de Carlos latía tan rápido que su cuerpo comenzó a temblar incontrolablemente. No podía creer que fuera Jimena, no podía cree nada de lo que sucedía a su alrededor.

CAPÍTULO CUATRO

MONTAÑA DE BATALLA

Pérdida

—¡No! ¡Esto no puede ser! Ella se lo llevó. Tenemos que recuperar a Carlos.

—¿Quién se lo llevó?

—Ariana se llevó a Carlos, Lea.

—¿Cómo sucedió?

—Quería confrontarla de una vez por todas…

—¿Pero por qué se iría así?

—Estaba actuando extraño antes de irse.

—¿Qué? ¿Tú lo dejaste ir, John?

—Fue su decisión, Lea. Traté de detenerlo, pero él insistió y no había nada en el mundo que lo hiciera cambiar de opinión. Lo intenté, pero él no escuchó.

—Ahora, ¿qué hacemos?

—Primero tenemos que continuar con el plan de Carlos para proteger a La Meca. Seguir todas sus instrucciones.

—Dense prisa, todos. ¡Muévanse!

—Lea, iré a buscar a Carlos una vez que terminemos con el plan.

—John, sé que ha llegado tu hora de partir, ¡pero no te irás solo! Te ayudaré a cumplir tu destino. Eres mi esposo, iré contigo en esta búsqueda.

—Tu lugar está aquí, en La Meca.

—¡No! Mi lugar está a tu lado y no aceptaré un no por respuesta. Si morimos, morimos juntos.

—No. No puedo arriesgarme a eso.

—Es mi decisión final, John.

—¿Quién cuidará de la aldea?

—He estado preparando a Ledesna durante mucho tiempo. Ella ha demostrado estar lista para tomar mi lugar. Haré el anuncio para que todos sepan que ella será la nueva comandante.

—Si ella está lista, que así sea.

—Sólo quiero lo mejor para este pueblo. Todos estos años demostró su lealtad hacia mí, está más que lista para cualquier cosa que venga. Carlos le ha enseñado bien en la semana que ustedes han estado aquí.

—Tienes razón, lo hizo bien. Es por eso por lo que no descansaré hasta encontrarlo. Él es nuestra única esperanza. Yo no estaría vivo si no fuera por él. ¿Y cómo olvidar a Pérez? Ella nos ayudó en el camino.

***

Momentos después
—Lea, preparemos todo.

—¡John! ¿En verdad?

—¡Sí, Pérez! Ariana tiene a Carlos. Tenemos que prepararnos para partir tan pronto como terminemos de seguir todas las instrucciones.

—Está bien, entonces, ¡pongámonos a trabajar!

***

—Entonces, ¿te vas, Pérez?

—Sí, Abigail. Este día iba a llegar. Necesito enseñarte algunas cosas más antes de irnos.

—Pérez, no quiero que te vayas.

—Lo mismo te digo, Abigail. ¡Regresaré del Edén! Me encanta este lugar, desearía que nada de esto estuviera pasando. Quiero morir aquí, contigo a mi lado.

—¿Puedo ir contigo, Pérez?

—No, Abigail. Ustedes están seguros aquí y enseñarán a los demás lo que les mostré. Prométeme que te quedarás aquí.

—Por supuesto, Pérez, pero sólo si prometes regresar con vida.

—Eso no puedo prometerlo, Abigail. Pero haré todo lo que pueda.

—¡Ledesna! Necesito hablar contigo en privado.

—¿Qué pasa, Lea?

—Dejaré Meca.

—¿Qué?

—Sí. Tan pronto como el plan esté completo, partiré con John. Mi tiempo de mando ha llegado a su fin, y ahora, ciertamente, tomarás mi lugar.

—Pero, Lea, no sé si puedo liderar.

—Claro que puedes. Has demostrado ser digna: haremos la transición.

Amor verdadero

—Prepárate para tu ascensión. Adelante.

—Lea, gracias.

—No, gracias a ti.

—¡Gente de Meca! Mi tiempo como comandante ha pasado: una nueva líder, fuerte, tomará mi lugar El momento ha llegado para que ella lleve a La Meca a una era de prosperidad. ¡Incluso si perdemos esta tierra hoy, Meca estará donde nuestros corazones decidan establecerse y eso nadie nos lo quita! Hoy celebramos la ascensión de la nueva comandante. Por favor, arrodíllense ante nuestra nueva comandante, Ledesna Palmo, de la tribu Tenoc. ¡Comandante Ledesna!

—¡Ledesna! ¡Ledesna!

***

El escondite de Jimena y Carlos
—Carlos, pensé que nunca te volvería a ver. No he dejado de pensar en ti desde la última vez que te vi. Cuando decidiste dejarme, me rompiste el corazón. Pero incluso con todos los años que han pasado, todavía te amo.

—No sé qué decir, Jimena. Lo siento. Tengo miedo de cometer un error otra vez. Necesito algo de tiempo para averiguar quién soy realmente. Espero que lo entiendas.

—¿Carlos?

—¿Sí?

—¿Dónde estuviste después de la guerra?

—La verdad, no tenía a dónde ir. Hay algo que no te he dicho. El día que estalló la guerra, perdí a todos mis seres queridos, todo lo que tenía. También perdí a al amor de mi vida.

—Lamento escuchar eso. ¿Era bonita?

—Mmm… Jimena, me iba a casar con un hombre.

—Oh, lo siento, lo siento, pensé que habías cambiado…

—No te preucupes. Ni yo mismo me entiendo. Incluso hoy, aquí, estoy indeciso. Necesito tiempo.

—Carlos, esperé mucho tiempo. Esperar un poco más no hará daño, ¿verdad? Además, estás aquí. Entonces, ¿qué pasó después de la guerra?

—Estuve viviendo cerca de un río durante algún tiempo, tratando de mantenerme con vida. No fue fácil, había muchos carroñeros deambulando. Al principio, la mayoría eran amigables, pero, después, la crisis alimentaria comenzó a suceder. ¡Muchos comenzaron saqueos y, luego, el caos! Hubo otros que se vieron afectados por un virus temporal que parecía causar psicosis a aquellos que infectaba. Ellos comenzaron a matar a todos a su paso, en su mayoría hombres. Fue una escena horrible. Morían después de algún tiempo, pero antes causaban mucho daño. El virus todavía existe hoy, parece ser una variación del primero. Los militares comenzaron un reclutamiento masivo de cada persona que encontraron viva. Los niños fueron asesinados por las masas. Fue horrible. Todos los niños, y cualquier sobreviviente masculino, fueron asesinados a la vista de todos, nunca vi nada igual. Desafortunadamente, no había nada que yo pudiera hacer. Muchos trataron de escapar... pero, hasta el día de hoy, no sabemos si hay más sobrevivientes masculinos. Jimena, estuve vagando durante mucho tiempo: no hay lugar para vivir, no hay lugar para esconderse, he estado caminando en círculos. La mayor parte del tiempo tuve que evadir a los militares para evitar ser visto. Entonces, sobreviví a la vida silvestre, y hubo algunos lugares en los que construí algunas casas seguras. Con suerte, aún no han sido encontradas.

—Guau, has pasado por muchas cosas, Carlos.

—Fue peligroso, pero logré sobrevivir las situaciones que amenazaban mi vida. Lo siento, no te lo pregunté. ¿Por qué viniste aquí? Dime, ¿mataste a Ariana?

—No. Hice que se retirara. Primero tuve que dispersar su infantería, luego logré destruir la mayor parte de su carga. ¿Por qué preguntas?

—Ella persigue a John y, ahora, a cada uno de nosotros.

—¿Cómo sucedió?

—Bueno, ella nos rastreó después de que salvé a John de unos carroñeros que lo atacaron. Luego corrimos durante unas horas hasta que llegamos a Jardines y luego al Fuerte. Logramos escapar, gracias a Pérez, una amiga nuestra. Antes de llegar al Fuerte, quedé inconsciente y John se estaba ahogando en un pantano: Pérez nos salvó. Luego aterrizamos justo al lado de donde nos conocimos hoy. Jimena, necesito tu ayuda. Sé que no he sido la persona que quieres que sea, pero hay razones para proteger a John. Tenemos que ir al Nuevo Edén.

—¿Nuevo Edén?

—Sí. John necesita llegar allá para poder comenzar una nueva vida y liberarnos de la esclavitud. Sólo la nueva generación estará segura y comenzará de nuevo ahí.

—¿Por qué no aquí, Carlos?

—Mira dónde estamos: todo el mundo está luchando por el poder, nadie sobreviviría si nos quedamos aquí.

—Tienes razón. ¿Y cómo nos beneficiará John a nosotros?

—Él es el Elegido por los dioses de los Mecas, así que…

—¿Crees eso?

—Sí, hay cosas que he oído que no tienen sentido al menos de que sea verdad. Cosas que terminan por ser reales, como si se predijera el futuro.

—Entonces, ¿qué es lo que podemos hacer? Carlos, haría cualquier cosa por ti.

—Jimena, no sé qué decir. Siempre has sido paciente y comprensiva. Siempre...

—¿Qué? Dime.

—Siempre te he amado. Estoy confundido, pero siento atracción por ti en este momento.

Jimena y Carlos se besaron espontáneamente.

—Lo siento, Jimena. No pude controlarme.

—No... no te entiendo, Carlos. Primero me dices que estás confundido, luego me besas.

—Lo siento, te lo dije antes... ¡estoy confundido! Pero lo hice desde mi corazón. El hecho de que sea diferente no significa que no pueda amar, tengo sentimientos por ti, siempre te he amado, Jimena. Simplemente no podía aceptarlo. Ahora que estás aquí, siento una atracción que ya no puedo controlar.

—Carlos, siento lo mismo por ti. Siempre lo he sentido, siempre lo haré.

—Jimena, tenemos que contarles a mis amigos lo que acaba de pasar. Podrían sentirse tentados a ir tras Ariana.

Mensaje (II)

—¡Jesús! Lo siento, Carlos, regresar significaría dejar algunos vehículos atrás, así que sugiero que lleguemos al campamento y regresemos en unos días. Sólo espero que para entonces no sea tarde.

***

Un día después
—Buenos días, Lea. ¿Hay alguna noticia?

—Nada todavía, John. Pero hemos terminado la construcción de todas las torres y niveles inferiores. También terminamos de asegurar el perímetro fuera de las murallas del pueblo.

—Qué rápido. Eso significa que estamos listos para abandonar el pueblo de La Meca. ¡Primero haré algunos preparativos, luego partiremos!

—Está bien. Hablaré con mi gente y con Ledesna.

—Bien. Hablaremos más tarde.

—¡Pérez!

—Hola, John. Hoy llegas temprano. ¿Qué te trae por aquí?

—Tenemos que prepararnos para partir de La Meca.

—¿Vamos tras Carlos?

—Sí. Recuerda que él está ahí por nosotros, es hora de devolverle el favor.

—Déjame hablar con Abigail antes de irnos. Volveré enseguida.

—¡Date prisa!

***

—Abigail, vine rápido, a despedirme.

—Pérez, no me dejes, por favor.

—Lo siento, hago esto por nuestra amistad, por Meca y por Carlos.

—¡Adiós, Pérez! Cuídate. Estaré aquí esperando tu regreso.

—Regresaré, lo prometo. Nos vemos.

***

—Ledesna, tendré que llevar a algunos de tus guerreros conmigo, si no te importa.

—Claro, John. Te asignaré a mi mejor guerrera y a su equipo. Por ejemplo, Lince, ella sería de gran ayuda.

—Gracias.

—No, gracias a ustedes tenemos un futuro aquí en La Meca. Dios estará contigo en tu viaje.

—Gracias. ¡Lo necesitaré! ¿Están todos listos?

—Sí, listos.

—Bien. ¡Escuchen, todos! Esta es una misión de rescate. Bajaremos la montaña lo más rápido posible. Nuestra misión es rescatar a Carlos y salir sin ser vistos. He traído a los mejores, así que, por favor, no me fallen, cuento con ustedes. Entraremos por la noche cuando todos estén dormidos. Así que prepárense y tengan en cuenta los riesgos que tomaremos y las consecuencias que enfrentaremos. La muerte es segura, pero recuerden que es nuestro destino confrontar a este pueblo por el bien de nuestro avance en este mundo. Destrúyanlos. No miren atrás. ¡Prosperaremos y traeremos paz! ¡Prepárense, sean valientes y agradezcan ser parte de la última tribu libre de nuestros enemigos! ¡Adelante!

—John, ¿de verdad quieres volver a confrontarla?

—Estoy seguro, Lea, debo traer a Carlos de vuelta. Él es nuestra única esperanza si queremos sobrevivir a cualquier amenaza que pueda estar presente en nuestro viaje hacia Edén.

—Voy contigo, espérame.

—Dios mío, por qué me casé.

***

—¿Comandante Ariana? ¿Cómo nos recuperaremos de esta pérdida?

—Ponme en contacto con la Alianza, no perderemos más tiempo. Necesitamos encontrar al traidor que rompió la alianza, una vez que lo descubramos, pasa el mensaje a la Coalición para eliminar la amenaza y recuperar el control del sector noroeste. ¿Por qué no estamos al tanto del capitán a cargo de esta sección?

—Desafortunadamente, los miembros de la Coalición se unieron en el primer año después de la guerra. Entonces, ¡la alianza que tenemos no cubre a todos los que vinieron después de eso! Todas las demás alianzas están formadas por miembros de sus respectivas áreas.

—Teniente Harris, cuando haga contacto, póngame en una línea segura. ¡No queremos que nos toquen!

—¡Entendido, comandante!

***

—Sólo han pasado unas horas desde que salimos de La Meca, John. Tendremos que descansar aquí un rato. Asegurémonos de establecer el campamento y asegurar el perímetro. ¿Entendido, Lince?

—¡Sí, comandante!

—John, necesito hablar contigo. ¿Me das un momento? Demos un paseo.

—¿Qué está pasando, Lea?

—No sé cómo empezar, pero hay algo que tengo que decirte.

—¡Habla!

—Yo... soy...

Mientras Lea intentaba decirme algo, se abrió un portal en medio de la zona boscosa que se cernía frente a nuestros ojos. Luego una voz habló desde el portal:

—¡John! ¡John! Debes regresar a tu viaje. Y debes salvar a este mundo de la calamidad. Tú eres nuestra única esperanza. No vuelvas a Revolución, tu destino está en el norte. No tardes mucho, tu familia espera...

—¡Espera! ¡No te vayas! ¿Qué familia? ¡No! Lea, ¿qué fue eso?

—No lo sé. Debemos volver y dirigirnos hacia el norte. ¡Debemos llevarte al Nuevo Edén rápido, John!

—¿Qué pasará con Carlos?

—Puede cuidarse solo, estoy segura de que estará bien. ¡Sé a ciencia cierta que continuará hacia el norte una vez que regrese a La Meca!

—¡Tienes razón! Debemos volver el curso hacia el Nuevo Edén. Todos, den la vuelta y diríjanse hacia el norte. Nuevo Edén, aquí vamos.

A pesar de que realmente quería salvar a Carlos, la voz me dijo que mi familia estaba esperando y mis pensamientos cambiaron drásticamente. Realmente deseo que Carlos pueda alcanzarme. Pero, lo más importante, espero que siga vivo.

Decisiones

—¡Pérez!

—Sí, John.

—Caminemos.

—¿Qué está pasando?

—Vi algo hoy en el bosque, un portal circular, flotante, y una voz que salía de ahí. Nunca había visto nada igual.

—¿Qué dijo la voz?

—Dijo que yo tenía que regresar al Nuevo Edén, que mi familia estaba esperando allí. Estoy confundido, Pérez. ¿Qué debo hacer?, ¿dirigirme al Edén o buscar a Carlos?

—Es tu decisión, John. Pero, honestamente, Carlos puede cuidar de sí mismo. Nuestro plan desde el principio era llegar al Nuevo Edén sin importar lo que pasara, ¿recuerdas?

—Tienes razón. Debemos continuar con nuestra misión. Pérez, quiero que nos encuentres la ruta más rápida y segura.

—Entendido, John. Lo haré, pero olvidé el mapa en el campamento.

—Regresemos, Pérez.

El escondite de Jimena

—Carlos, podemos ir a La Meca mañana para buscar a John.

—Sí, Jimena, me encantaría. Jimena...

—¿Qué pasa?

—Quédate conmigo esta noche, tenemos mucho de qué hablar.

—¿Quieres que esté aquí, contigo?

—Sí.

—Volveré en un momento, Carlos.

Está bien, Carlos pensó, *¿qué debo decirle? ¡Vamos, piensa!* '*Te amo, quiero que estés conmigo por el resto de mis días'. No,* *tal vez sólo le doy un beso y dejo que las cosas fluyan. Jesús, estoy tan nervioso que hablo conmigo mismo. Mierda, aquí viene.*

—¿Qué es lo que querías decirme, Carlos?

Carlos la agarró por la cabeza, deslizó los dedos por su cabello y la besó. Ella no pudo resistirse. Se besaron apasionadamente, haciendo que sus ropas cayeran al suelo. Ninguno pudo resistir la atracción que sentían el uno por el otro, ambos cedieron al deseo intenso y se dejaron disfrutar mutuamente sus cuerpos hasta que estuvieron satisfechos.

La noche se hizo corta, el tiempo pasó rápido y se fueron a dormir entre el silencio de la noche.

***

—Buenos días.

—Buenos días, amor. ¡Guau! Nos quedamos dormidos, y es un poco tarde. No te reconocí anoche, ¿qué te pasó, Carlos?

—Ahora dejo que el deseo me guíe. Te amo, Jimena.

—Yo también te amo, Carlos.

—Ahora que estoy seguro de mis sentimientos por ti, quiero estar a tu lado por el resto de mi vida.

—¿Estás seguro esta vez?

—Estoy seguro esta vez.

—Es tarde Carlos. Debemos irnos. ¡Prepárate para salir en diez minutos!

***

—Lea, es hora de irse, démonos prisa. Todos, vamos a movernos, tenemos que llegar a Valles hoy. El Cielo es otra área forestal, podemos escondernos allí de los ataques enemigos. En Victoria había una ciudad, veremos si podemos encontrar algo útil al llegar allí. Pérez, tú y Lince exploren la delantera. Asegúrense de que tengamos un camino despejado.

—¡Comandante Ariana! Su llamada está lista, la línea está asegurada.

—¡General Pratt, es un gran honor hablar con usted!

—Ariana, ¿qué es lo que quieres?

—Necesito información. Hemos sido traicionados por la Alianza.

Integridad

—Alguien de la región noreste nos ha traicionado: el pacto se ha roto. Estábamos a punto de adquirir un sobreviviente masculino de la tribu Meca, y alguien del ejército de la región llegó ahí primero y atacó nuestra caravana. ¡Necesito respuestas!

—Ariana, lo único que puedo decirte con certeza es que esa área es del coronel Vásquez. Ella reemplazó a la difunta Belma, por lo tanto, no sabías de sus aliados.

—Hable con Vásquez, General Pratt, e infórmeme para que pueda tomar las medidas necesarias para recuperar a este superviviente masculino.

—¡Entendido! Lo haré.

—¡Conéctame con Vásquez, pronto!

—Coronel Janai Vásquez, ¿copia? Le habla Ariana, de la sede Revolución.

—¿Qué es lo que necesita, comandante Ariana?

—Información. ¡Fuimos atacados ayer por una caravana militar que tomó nuestra posición cerca de La Meca! ¿Está involucrada en esto?

—No, Ariana. Mi ejército no se ha movido de la región.

—¿Tiene algún aliado del que deba informarnos?

—De hecho, lo que necesitamos es aliados en este mundo donde hay traición en cada esquina. La capitana Jimena Escalante y Luvanov Rita son mis únicas aliadas en esta área. La única que tenía movimiento en la zona era Jimena. ¿Ha pasado algo?

—¡Ella tomó mi propiedad! ¡Lo necesito de vuelta! Atacó mi caravana cuando nos dirigíamos hacia Meca para adquirir un sobreviviente masculino.

—Ya veo.

—¡Espero que usted este plenamente comprometida con la Alianza! ¿Me ayudará a rastrear a Jimena?

—¡Le soy leal a la Alianza! Enviaremos un grupo de búsqueda al Campamento Arroyo para entregar a Jimena.

—Vásquez, tu lealtad será recompensada.

—La recompensa no tiene nada que ver con mi lealtad a la Alianza. Pero, si desea que acepte la recompensa, que así sea.

—Estaremos en contacto en cuanto llegue allí. ¡Nos reuniremos en el Fuerte con todos los grupos de la Alianza! ¿Entendido?

—Sí, Ariana, es por eso por lo que eres la comandante Suprema.

***

—Jimena, déjame entrar a mi primero. Los mecas saben que soy un amigo.

—Está bien, Carlos.

—Muevan a los militares más cerca. Te llamaré para que entres a La Meca. ¿Entendido?

—Copiado.

—Caballero, soy Carlos. ¡Abre la puerta!

—Capitán, ¿dónde estaba? ¡Estábamos preocupados! Lea, John, Lince y Pérez se fueron con un equipo para rescatarte. Ledesna es ahora la comandante en jefe de los mecas.

—¿De verdad? Gracias por proteger a La Meca, Caballero.

—Es un honor, Carlos.

—¡Ledesna!

—Carlos! ¡Qué gusto verte!

—¿Por qué fueron a buscarme, Led?

—John estaba desesperado, Carlos.

—Están en peligro, Led. Y John no puede morir. ¡Si él muere, nosotros morimos con él! Todo lo que hagamos sería en vano. Traje a una vieja amiga conmigo, ella puede ayudarnos a ganar la guerra. Necesitamos toda la ayuda que podamos conseguir.

—Si confías en ella, que así sea. Tráela, Carlos. Ella y las suyas quedarse aquí todo el tiempo que quieras.

—Jimena.

—Copio.

—Puedes entrar.

—Recibido, cambio y fuera.

—Nos quedaremos hasta mañana. Luego, espero poder llegar a John antes que Ariana.

—Comandante, habla Caballero. ¿Dejamos entrar el convoy?

—Caballero, te habla tu comandante, deja entrar el convoy.

—¡Entendido, comandante!

—Ledesna, esta es Jimena Escalante. Jimena, esta es Ledesna Palmo.

—Es un honor conocerte.

—Jimena y yo éramos colegas en la universidad. La conozco desde hace mucho tiempo. Ahora, discutamos nuestro plan para rescatar a John,

—Antes de eso, Carlos, hay algo que no te he dicho

—Dime, Jimena.

—Traicioné a la Alianza viniendo a este lugar para buscar a John. A estas alturas, la Alianza también debe estar buscándome a mí. ¡La Coalición es como nada que hayan visto, nos destruirán! Si nos atrapan, no habrá misericordia para mi pueblo.

—Jesucristo, las cosas empeoran cada vez más.

—¿Qué podemos hacer, Carlos?

—¡Ambos! Escuchen con atención, esto significa que perderemos la mayor parte de nuestro ejército.

—Jimena, ¿tu ejército te es leal? ¿Aceptará luchar con nosotros si se lo pides?

—Estamos a su disposición.

—Los guerreros meca también estarán a tu disposición, Carlos. Estoy seguro de que los mayas y el pueblo huasteco también ayudarán con la búsqueda.

—Gracias, Ledesna. Lo único malo es que no sabemos con certeza si John se dirige a Revolución.

—Esto es lo que podemos hacer, Carlos: enviaré un equipo de exploradores a Revolución, veré si pueden encontrar un rastro y luego actuaremos en consecuencia.

—¡Reúne un equipo de inmediato! Cuanto más rápido conozcamos su posición, más rápido rescataremos a John. Jimena, ocúpate de esta tarea, por favor.

—¡Entendido, Capitán!

—Led, ponte en contacto con Maya. Hay que asegurarnos de contar con su apoyo. Si es necesario, tráelas a La Meca.

—Entendido.

—¿Carlos? Ustedes dos… ella es hermosa, y fuerte.

—No te lo tomes a mal, Led. Ella es muy importante para mí. Pero tú también. Desde que te conocí tuve un gran afecto por ti. Confío en ti, Led.

—Gracias, por hacerme sentir importante.

—Hablaremos más tarde. Mantenme informado.

Equipo de búsqueda

La Coalición masiva que estaba teniendo lugar no era una broma. La potencia de fuego era tan devastadora que podía acabar con Meca por completo, y en poco tiempo. La gente de La Meca tenía que decidir si quedarse o huir.

—General Pratt, la traidora ha sido identificada. Su nombre es Jimena Escalante.

—Necesitamos eliminarla de inmediato.

—Vásquez y sus aliados se ocupan de ello en este momento, pero tenemos que unir a la Coalición para asegurarnos de destruir a la traidora.

—¡Tenemos que poner nuestras manos sobre ese hombre! No podemos fallar, ¿se entiende eso?

—Entendido, comandante Ariana.

***

—Mira esto, Greda. Estas huellas son recientes. Parece que se fueron en esa dirección hace sólo unas horas.

—¿Por qué volverían?

—Jimena, algo debe haber sucedido para que hayan hecho un cambio tan drástico.

—Está bien, busca en el perímetro. Ve si puedes encontrar la causa del cambio.

—¡Entendido! Debería volver con Carlos e informarle. ¿A dónde podrían haber ido?

***

—Está bien, chicos, creo que deberíamos descansar aquí y continuar mañana. ¡Lea!

—Sí, John.

—¿Conoces el área en la que estamos parados?

—Sí, conozco bien esta área. Les diré a todos que sean precavidos. Este lugar, Valles, está infestado de revendedores. No queremos que nos agarren desprevenidos.

—¡John!

—¿Qué es, Pérez?

—Hay algo que tienes que ver. Subamos esta colina. John, tenemos que pensar seriamente en lo que debemos hacer.

—No hay nada que pensar, Pérez, tenemos más posibilidades de sobrevivir moviéndonos que quedándonos aquí. Cuanto más rápido nos movamos, mejor.

—Tal vez tengas razón. Pero, ¿qué pasa con la comida y el agua? Hay que tener estas cosas en cuenta cuando nos movamos de un lugar a otro. No estaremos en el Nuevo Edén antes de que llegue el invierno, tenemos que prepararnos para eso. Tienes razón. Nuestra visión se ha vuelto borrosa con todo lo que ha estado sucediendo. No hemos tenido tiempo para planificar nuestras prioridades.

—Mira, John, esto es lo que quería mostrarte.

—¿Qué es todo ese movimiento?

—Los militares se están moviendo, y, por lo que parece, están reuniendo todas las aldeas del norte, el sur y el oeste.

—Es un ejército enorme. Supongo que tenemos poco tiempo para prepararnos. Hagamos lo que hagamos, tenemos que hacerlo ahora. Necesitamos movernos temprano en la mañana, seguir hacia el noreste, ver si podemos llegar a la frontera de Río Grande en tres días. Eso nos dará suficiente tiempo para llegar a la frontera y perderlos. La segunda opción sería viajar a lo largo de la costa, pero estaríamos susceptibles a ataques. Prefiero arriesgarme en el bosque. Lo que sea mejor para nosotros. A veces, Pérez, pienso, "¿qué hubiera sido de mí si nada de esto hubiera sucedido nunca?" Extraño a mi familia, a todos mis parientes. Me pregunto si hay un Dios que nos está observando y, si lo hay, ¿por qué dejó que todo esto sucediera? Incluso, ¿se preocupa por nosotros?

—John, cálmate. Dios no es responsable de nuestras malas acciones. Nosotros elegimos esta ruta, somos responsables, y ahora estamos pagando. Pero creo que este es el mejor momento para que la redención le demuestre que realmente estamos cambiando la forma en que solíamos pensar, ¡que haremos de este mundo un lugar mejor! Tal vez quiere que sepamos que somos los únicos que podemos marcar la diferencia.

—Tienes razón, Pérez. Necesitamos hacer que este mundo sea diferente. Mira hacia el horizonte, a las personas que no quieren nuestra libertad y quieren controlar todo este planeta, tenemos que escapar lo más rápido que podamos.

—¡No creo que podamos huir de ellos para siempre!

—Tienes razón. Eventualmente nos encontrarán.

—Pérez, necesito que me hagas una promesa.

—¿Sí, John?

—Si me matan, prométeme que tú y Carlos llevarán a Lea al Nuevo Edén.

—Estás loco, John. Eso nunca va a pasar.

—¡Prométemelo, por favor!

—Está bien: juro que haré todo lo que pueda.

—Gracias.

Preparativos

Pueblo de Meca
—Carlos, los exploradores han regresado.

—Tráelos.

—Carlos, rastreamos a John. Iba a Revolución, pero algo lo hizo girar.

—¿En qué dirección?

—Noreste.

—¿Por qué irían al noreste, Jimena?

—¡No lo sé!

—Ledesna, ¿tienes alguna pista?

—¿Y si decidieron ir al Nuevo Edén?

—Pero, ¿por qué tan pronto?

—¡Tal vez descubrieron que Ariana sabe que no están aquí! Realmente no puedo pensar en otra cosa.

—Bueno, entonces, salimos a primera hora de la mañana.

—Jimena, Led, quien quiera venir, venga.

—Led, ¿viene Maya?

—Sólo enviará a sus mejores guerreros para ayudarte en la búsqueda.

—Carlos, no voy. Este es mi lugar. Quiero quedarme aquí con mi gente. Me necesitan. Te deseo lo mejor en tus viajes.

—¿Estás segura, Led?

—Sí, esta es mi casa y la protegeré a toda costa. Tengo que defender a mi pueblo de cualquier ataque, tenemos suficiente potencia de fuego para defendernos. Gracias a ti aprendí muchas cosas y estoy agradecido por ello. Es mi momento de ver de qué estoy hecha.

—Respeto eso, Led. Te has convertido en un gran líder que sabe seguir a su corazón. Te admiro. Te deseo lo mejor.

—Si cambias de opinión, házmelo saber. Jimena, sígueme.

—¿Qué pasa, Carlos?

—Tengo miedo de perderte en esta guerra, pero, al mismo tiempo te necesito a mi lado, ¡para protegerte!

—No podemos cambiar el destino. Pase lo que pase, es el destino el que hace el camino.

—No creo en eso, creo que mi voluntad puede cambiarlo. Aunque debo admitirlo, las profecías se han cumplido. Pero esa es otra historia. No planeo perderte, Jimena. ¡Realmente puedo decir que te amo!

—Yo también te amo, y desearía poder estar contigo todo el tiempo.

—Acércate.

—Bésame, por favor.

***

A la mañana siguiente
—¿Todos listos? Es hora de ponerse en marcha. Este es el simulacro de la mañana. ¡Todos en formación!

Últimos momentos

—¡Atención, todos!

—Gente de Meca, estoy muy agradecida de ser su invitada, pero ha llegado el momento de partir. Debemos continuar nuestro viaje hacia el Nuevo Edén, un lugar que parece tan lejano como esperanzador. Rezo por Meca, sé que este lugar florecerá y una nueva generación hará de este pueblo un lugar para prosperar y levantarse de las cenizas de la guerra. Pero no están solos, regalé todo mi conocimiento a esta persona joven y hermosa, ¡y ella llevará a este pueblo a su cima! Una nueva edad de oro, de prosperidad. Pero todo tendrá un costo, deben estar dispuestos a sacrificar su vida. Por favor, les ruego a todos que apoyen a Ledesna en todas sus decisiones. ¡Gracias, y que nuestro dios Quetzalcóatl bendiga a todos!

—Estamos muy cerca, Pérez.

—Todavía tenemos mucho que cubrir, John. Sólo han pasado dos horas, vamos.

—Estamos cerca de Victoria.

—Bueno, ¡veamos qué nos trae esa ciudad!

—¡Mira! Hay postes con cabezas clavadas. Es una advertencia para cualquier extranjero, como nosotros. Deben de ser de algún tipo de culto.

—Vamos a verlo.

—¡Estás loco! Mira todos esos cráneos. Esto no es una bienvenida, te lo aseguro. ¿Por qué tanta prisa?

—Está bien, si quieres, antes de continuar, podemos establecernos aquí hasta la noche. Tal vez encontremos información útil y comida para seguir moviéndonos.

—Podemos hacerlo, pero, esta vez, me dejarás liderar la búsqueda.

—Está bien, pero regresa entera.

Mientras Pérez y John se preparaban para entrar a Victoria, Ariana comenzó a hacer sus movimientos para demoler el campamento de Jimena.

—Vásquez, ¿me copias?

—Aquí Vásquez.

—Informe sobre el campamento de Jimena.

—Se han movido. No hay nadie aquí. No queda nada que tomar. Deben haber sabido que atacaríamos.

—Recibido, estamos en camino. ¡Nos encontraremos en una hora! Vázquez, cualquier otra cosa que surja, no dudes en llamarme.

—Recibido.

—Teniente Harris, ¿tenemos algún rastreador en tierra?

—Sí, comandante Ariana, dicen que vieron dos caravanas diferentes. Una caravana se dirigía hacia el noreste. Luego llegó a La Meca y no se ha movido. ¿Por qué no atacamos Meca, Ariana?

—No es tan fácil, teniente. Se necesita tiempo y recursos. Meca no es de fácil acceso, se encuentran por encima de las montañas. Esta área es un bosque denso, por lo que sería casi imposible atacar con nuestros tanques. La única forma es ir directamente a esa torre, entonces podríamos movernos en nuestros vehículos. El riesgo de que haya víctimas es grande. ¡Un pueblo del que no sabemos nada es arriesgado! Pero tú estabas allí. ¿Recuerdas alguna vulnerabilidad?

—Estaba tan concentrado en la tarea que no puedo recordar. Creo que estaban construyendo algunas estructuras en la entrada de la montaña y las paredes junto al río. Así que tal vez esa sea su forma de ver a cualquiera que se acerque al pueblo. Tal vez podamos derrumbar el muro del río y atacar. Serían más vulnerables.

—Pero, ¿cómo entrarías sin ser vista?

—Voy a improvisar.

—Esta vez, asegúrate de traer buenas noticias.

—¡Sí, lo haré! Encontraré una manera de bloquear su comunicación, y luego podremos atacar.

—Está bien, teniente Harris, cuento contigo. Si necesitas más ayuda, lleva a la infantería del General Pratt al campo.

—Entendido, comandante. General, sígueme. Esta vez me aseguraré de que no cometamos más errores. General Pratt, usted será mi respaldo, así que será mejor que esté allí si la necesito.

—¡Sí, teniente!

—Hagan los preparativos necesarios para establecer un campamento cerca de La Meca. ¡Aseguren un perímetro de todas las entradas posibles a La Meca! Me dirigiré hacia la entrada con infantería para ganar territorio. Esperemos que este plan se mantenga y podamos abrir suficiente espacio para eliminar su avance.

—Entendido, teniente. Nuestras tropas estarán listas para el apoyo en mil quinientas horas.

—Copiado. ¡Muévanse!

***

—Oye, Jimena, ¿cómo te involucraste con la Coalición?

—Bueno, después de salir de la universidad, me uní al ejército. Quería a toda costa olvidarte. Conocí a alguien, su nombre es Janai Vásquez. Nos convertimos en mejores amigas, inseparables. Ella me enseñó a ser dura y me ayudó a alcanzar mis metas para olvidar el dolor de la traición. A pesar de que me curé de todo el dolor que me causaste, nunca dejé de amarte. Desafortunadamente, en la Última Guerra, perdí el contacto con ella. Pasó algún tiempo y la encontré de nuevo, y ella me reclutó para la Coalición al final de ese año. Sé con certeza que mi vida pende de un hilo.

—¿Crees que hay alguna posibilidad de perdón?

—No, Carlos. Desafortunadamente, no hay salida. Debo pagar por mi traición.

—¿Por qué querías llegar a La Meca antes que Ariana?

—Esperaba encontrar un significado para todos los rumores que se estaban extendiendo. ¡Hay un hombre vivo, eso dijeron! A pesar de que dijeron su nombre, nunca perdí la esperanza de que John fueras tú. La Coalición comenzó a buscar a quien mantendría la lealtad. Quería quitarle poder a la insaciable de Ariana. Pero sólo deseaba encontrarte vivo, y, cuando te vi, todo mi mundo empezó a girar de nuevo.

—Bueno, estoy aquí ahora. Nunca voy a dejar que nadie te lastime, lamento haberte causado tanto dolor en el pasado. Realmente no sabía lo que quería, pero ahora sí: nunca voy a dejar que nadie te lastime, eso lo prometo, te quiero a mi lado para siempre. Quiero que tengamos hijos en esta Tierra Prometida, los veremos crecer.

—No puedo esperar a que llegue ese día, Carlos. Será mejor que nos movamos para informar a todos que salgan de la aldea.

—¡Salgamos del pueblo ahora! ¡Muévanse! ¡Muévanse!

Carlos salió de La Meca para comenzar la expedición al Nuevo Edén. Reconoció que, si hubiera sabido el destino de La Meca, nunca hubiera llegado a perturbar la paz del pueblo. Su mente estaba realmente concentrada en alcanzar el Nuevo Edén, sabía de las grandes dificultades que se avecinaban y de las decisiones que había que tomar.

Más problemas

—General Pratt, ¿cuál es su posición?

—Estamos en posición, listos para el respaldo.

—Recibido.

—Muy bien, avancemos lentamente. Manténgase cerca de los árboles para camuflar los vehículos.

—¡Entendido, teniente Harris!

***

—¡Ariana está aquí! ¡Informa a la comandante!

—Atención, todos, ¡tomen sus posiciones! ¡Prepárense para la guerra!

—Caballero, ¿me copias?

—Copio. Se acabó.

—¿Qué está pasando, Caballero?

—Vienen a través de los árboles. Eventualmente comenzarán a arrastrarse por la montaña.

—Apéguense al plan que Carlos estructuró antes de irse. Tan pronto como se acerquen, liberen el mensaje.

—Entendido, comandante Ledesna.

—Vuelve a mí cuando completes tu tarea.

—Copiado. Cambio y fuera.

—Diana, tengo una tarea para ti

—¿Qué es, Ledesna?

—¡Necesito que vayas con las huastecas y le pidas a Maya todo su apoyo, por favor! Llévate a dos de mis guerreros contigo. ¡Vuelve con ellas tan pronto como puedas! Todos contamos contigo. ¡Sigue tu camino!

—¡Sí, comandante!

—¿Escuchas eso, Jimena?

—¿Qué, Carlos?

—Puedo escuchar vehículos en movimiento. Deben dirigirse a La Meca. ¡Tenemos que volver para ayudarlos!

—Carlos, dijiste que estarían bien sin ti.

—Sí, lo sé. Pero, ¿qué pasa si algo sale mal con el plan que teníamos en marcha?

—Entiendo su preocupación, pero nuestra prioridad es encontrar a John. Dijiste que es nuestra tarea más importante.

—Por favor entiende, Jimena, son mis amigos. Probablemente necesitarán nuestra ayuda.

—Mira, Carlos, te daré una opción: nos vamos ahora y ganamos terreno al santuario, o nos volvemos y todos morimos. ¡Es tu elección, Carlos! Lo que sea que elijas, te respetaré, lo prometo.

—Tienes razón, Jimena, debemos continuar nuestra búsqueda de John, pero no puedo dejarlos varados. Escucha este plan: Greda y tú continúan con la búsqueda mientras yo regreso con los doscientos soldados a Meca. Haré esto rápido. Sólo tengo que estar seguro de que podemos detener la invasión. Si la detenemos, podemos sobrevivir al ataque, ayudar a establecer Meca y luego irnos al Nuevo Edén. ¿Estás conmigo?

—Está bien, lo haremos a tu manera.

—Me reuniré con ustedes cerca de Valles mañana, luego podemos partir directamente a Victoria. Con suerte, alcanzaremos a John ahí.

—¿Cómo sabes que está allí?

—Si es inteligente, usará el río para pasar desapercibido. Pero seguro que usará el bosque para esconderse, no puede exponerse a la intemperie.

—¡Tienes razón! Espero que esté bien.

***

—¡Pérez!

—¿Qué está pasando, John?

—Ven aquí, quiero mostrarte algo.

—No más ideas locas, por favor.

—Oye, tal vez pueda entrar y espiar la ciudad antes de atacar esta noche.

—¿Qué estás diciendo?

—Es mejor echar un vistazo antes de entrar, ¿no?

—Bueno, sí.

—Si puedo entrar a la ciudad, tal vez calcular a lo que nos enfrentamos. No debes decirle a Lea que me fui.

—Pero, ¿qué pasa si ella se entera?

—No lo hará. Me pondré en contacto contigo por esta radio. Asegúrate de no apagarlo. Tal vez podamos obtener algo útil en el pueblo.

—¿Como qué, John?

—Como nuestros boletos para al Nuevo Edén.

—John, tal vez tengas razón. Necesitamos una manera de llegar más rápido, pero no veo ninguna otra posibilidad de movernos sin ser vistos. ¡La última vez que usamos un avión, casi nos matan! Incluso si encontramos un avión, ¿qué tan lejos puede volar sin quedarse sin combustible o sin que nos derrumben con misiles en pleno vuelo? Los lugares que sabemos que tienen combustible son todos campamentos militares. Tenemos que ser más cautelosos cuando se trata de este tipo de lugares, John.

—Tal vez sí, pero tengo la corazonada de que encontraremos información útil. Debo hacerlo, Pérez, ¿me entiendes?

—Sólo ten cuidado por favor.

—Estaré bien, no te preocupes.

— ¡Buena suerte, John! Que Dios te acompañe.

***

—¡Ledesna!

—¡Maya, viniste! Gracias por tu apoyo. Necesitamos tu ayuda para ganar esta guerra. ¡Necesitamos erradicar a estos intrusos de una vez por todas! Pase lo que pase, nuestro destino es hacer de La Meca la ciudad más grande de todos los tiempos, ¡una civilización como ninguna otra antes que nosotros!

—Entonces que así sea, Ledesna. Estamos listos para enfrentar a este enemigo.

—Caballero, ¿me copias?

—Sí, copio. ¡Cambio!

—¿Cuál es la situación?

—Están escalando la Montaña Oscura mientras alcanzamos el pico.

—Asegúrate de que la Montaña Oscura haga honor a su nombre.

—Sí, comandante, copio. ¡Cambio y fuera!

—Maya, toma posición en la vanguardia. Mantenme informada de cualquier movimiento.

—¡Entendido, comandante Ledesna! Cubriré todas las torres y ayudaré a los guerreros en las puertas cuando lleguen.

Intento final

—¡Guerreras huastecas! ¡Hoy es el día de la redención, el día en que luchamos por nuestro derecho a vivir! ¡Luchemos por Meca! Luchemos por Huasteca y nuestros líderes, como ¡John y Carlos! ¡Luchemos por la libertad!

—Maya, ¿qué quieres que haga?

—Adelántate y sal por las puertas. Toma esta radio, Lobo Nocturno. Mantente alerta. ¡No queremos que esos bastardos entren!

—Sí, comandante, haré todo lo posible.

—¡Está bien, ahora, vete!

—Maya, ¿me escuchas? Cambio.

—Te copio, Ledesna.

—¡Necesito verte ahora!

—En camino.

Con poco tiempo para actuar, Ledesna, como comandante, tuvo que tomar decisiones rápidas para asegurar el futuro de La Meca.

—Maya, necesito sacar a las concubinas de La Meca, rápido. No las queremos al alcance de Ariana.

—¿A dónde podríamos llevarlas?

—Conozco un lugar. Envía a dos de tus mejores tropas al laboratorio. ¡Nunca serán encontradas allí!

—¿Dónde está este lugar?

—Ven conmigo, Maya. ¡Te daré un mapa! Mira, Maya, aquí está. Tuvimos que hacerlo a mano para eliminar cualquier posibilidad de que alguien lo duplicara y expusiera el laboratorio.

—¿Qué es este lugar, Ledesna?

—Ahí se hacen experimentos para reproducir bebés artificialmente. Pero, por supuesto, necesitamos un donante. La última vez que íbamos a usarlo fue cuando Carlos se ofreció como voluntario. Es un lugar muy seguro. ¡Vete ahora, Maya, enviaré a alguien más para que tome tu posición!

—¡Gracias, Ledesna!

Maya la besó abruptamente.

—Lo siento. Lo hice sin pensar.

—Ven aquí, tú.

Se besaron lentamente, calentando la habitación y mostrando su afecto la una por la otra.

—¡Vuelve cuando pongas a salvo a las concubinas! Te estaré esperando. Dios esté con ustedes.

—¿Qué está pasando ahí fuera, General Pratt?

—¡Estamos teniendo dificultades para escalar la montaña, teniente!

—Todos, comiencen a escalar a pie.

—¡Entendido, teniente!

—General Pratt, tome el control completo. ¡Lidere el camino!

—Cambio y fuera.

***

—Esta es la torre de control. Tenemos un ataque inminente, prepárense para la invasión.

—Recibido.

—Caballero, ¿copias?

—Copio. Cambio.

—¿Liberamos el flujo? Una vez liberado el flujo, retrocede a la aldea y prende fuego.

—Cambio y fuera.

—¡Silvia! ¡Linda! Presionen este botón para liberar el flujo.

—¡Caballero, el botón está atascado!

—¡No puede ser! ¿Qué esperas, Linda? ¡Ayúdala a anular el sistema!

—¡No está funcionando!

—¡Déjame intentarlo!

—Maldita sea, el sistema está frito, deben haber usado un EMP, un pulso electromagnético. Ahora, nuestra única esperanza es Carlos, él es el único que puede anularlo manualmente. ¡Tenemos que salir de aquí!

***

—Ledesna, ¿copias?

—¿Qué pasó?

—El sistema está frito, las fuerzas de Arianas deben haber usado un EMP. ¡No podremos liberar el flujo! ¡

— ¡Caballero! Retrocede y regresa a La Meca! ¡Saquen a todos de allí!

—¡Cambio y fuera! Escuchaste al comandante, Ledesna. ¡Salgamos de aquí!

—¿Por qué la torre de control no ha vuelto a arrendar el flujo? Será mejor que lo revise.

—¡Caballero! ¡Dónde estás, maldita sea! Se han ido. Mierda, el sistema está frito. Voy a tener que liberar el combustible manualmente.

—Caballero, Linda, ¿qué pasó?

—Le fallamos, comandante. No pudimos liberar el flujo.

—¡Todos, estén tranquilos! No te desanimes, esa era sólo nuestra primera línea defensiva. Todavía tenemos las torres alrededor de La Meca como segunda medida. Nuestra última defensa serán nuestros propios esfuerzos. Si todo falla, volveremos a la Villa Huasteca, ¡oremos por la salvación! Todos, tomen posiciones y recuerden que seremos una nación grande. ¡No tengan miedo!

***

—¡Sigue empujando, Pratt, ya casi estás allí! ¡teniente Harris, siga a la General Pratt! Tan pronto como llegue a la cima de la montaña, siga su camino. Yo la seguiré con el resto.

—¡Sí, comandante! ¡Cambio y fuera!

—¡Voy por ti, John!

—Está bien, Carlos, no pasa nada, ¡aquí está lo que buscas! Tengo que dejar de hablar conmigo mismo. ¡Sueno como un lunático! ¿Dónde estaba? Oh, ya me acordé. Abra este compartimento y retire este engranaje para liberar el flujo. Esta palanca debería funcionar.

Aquí voy. Sí, lo hice. Ahora es el momento de que Ariana pague. ¡Arde, perra!

***

—Comandante Ariana, ¿copia? ¡Cambio!

—Habla Ariana. ¿Qué pasa?

—¡La montaña está en llamas, ayuda!

—¡Vuelvan a las faldas de la montaña! ¿Cómo sucedió esto?

—Liberaron un combustible por la ladera de la montaña.

—Teniente Harris, ¿cuántas bajas?

—No sé, cientos. ¡Perdimos a la General Pratt! ¿Qué quiere que hagamos, comandante Ariana?

—¡Teniente Harris, muévase tan pronto como el fuego se disipe!

—¡Entendido, comandante!

—Averigüe cuántas víctimas hay. ¡Envía a las heridas de vuelta al campamento! Continuaremos hasta la cima. Todavía tenemos suficientes tropas para derribarlos.

—Cambio y fuera.

***

—Ledesna, Carlos ha vuelto.

—Carlos, ¿qué estás haciendo aquí?

—Escuché que el convoy se movía, así que quería ayudar. ¿Dónde están todos los demás?

—Se fueron a Victoria. Pero los alcanzaremos mañana, si sobrevivimos, por supuesto.

—Ledesna, ¿dónde están Maya y las concubinas?

—Las envié al laboratorio. Estarán a salvo allí.

—Lo hiciste bien, Led.

—Gracias, he estado haciendo lo mejor que puedo.

—No hay tiempo que perder. Tenemos que estar preparados. ¡Están llegando y no se detendrán ante nada! No te lo dije antes de irme, pero hay un campo minado disperso a la entrada de La Meca. ¡Ven, para que podamos activarlo y dejarlos caer directamente en la trampa! Después de eso, somos vulnerables. No tuvimos tiempo suficiente para preparar a La Meca para unas defensas más cerradas. Aquí, presiona este botón para activar las minas.

—Carlos, lo hice.

—Bien dirigido. Lleva a todos a la posición. Comienza el fuego cuando lleguen.

—Entendido, Carlos.

Con determinación y fuerza bruta, Ariana prevaleció y avanzó hacia las puertas de La Meca. Sin signos de querer detenerse, no mostró piedad.

—¡Teniente Harris, llegamos a la cima!

—De ninguna manera están bien protegidos. Las murallas están fortificadas y las torres alrededor del pueblo dan fuerza contra los ataques entrantes, este pueblo seguramente es un gran cuartel general, pero, ahora, su tiempo ha terminado.

—Vásquez, ¿copias?

—Sí, copio. ¡Cambio!

—¿Ya casi estás aquí?

—Justo detrás de ti. Subiendo la montaña.

—¡Teniente Harris, baje las puertas!

—Bien, prepárate para destruir esa aldea. No quiero sobrevivientes, quiero que su comandante sea ahorcada. Los sobrevivientes varones deben mantenerse vivos.

—¡Copio!

—Teniente Harris, muévase en pleno ataque!

—Cambio y fuera.

***

—Aquí vienen, Ledesna. ¡Mantente alerta! ¡Fuego! ¡Torres, fuego abierto! Están sobre el campo minado, Ledesna. ¡Detona las bombas ahora!

—¡Está hecho!

Cuando las fuerzas de Ariana llegaron a la aldea, las torres y minas colocadas por Carlos se encargaron de muchos de los tanques y de la armada. Pero las fuerzas de Ariana superaban en número a los Mecas.

***

—¿Qué fue eso, teniente? Una explosión. Estoy atrapada en el vehículo. Hemos sido bombardeadas.

—Estoy justo detrás de ti. ¡Harris, muévete rápido! Estaban bien preparados para esto, no reconocerán este lugar cuando termine. ¡Vázquez, muévete y derriba las torres!

—Copio. Aquí va nuestro esfuerzo. ¡Fuego! ¡Fuego! ¡Sí! ¡Tenemos uno! Ariana, la torre sur fue derribada. Todavía nos quedan cinco más.

—Ahora, Harris, fuego. Derriba la torre en el oeste, y luego podemos avanzar.

—¡Entendido, comandante!

—¡Esta vez no hay nada que puedan hacer para detenerme! — se rio Ariana con una actitud sarcástica.

Con Ariana en la puerta principal y con pocas decisiones que tomar. Carlos hizo algunos movimientos drásticos.

—Carlos, han derribado la torre sur. Si toman la oeste, seremos vulnerables, y la puerta principal estará abierta para el ataque.

—Lo sé, Ledesna. Saca a tu mejor equipo y deja Meca. No aguantaremos lo suficiente. No queremos ser atrapados juntos.

—Me quedaré pase lo que pase. Es mi tierra, mi lugar de esperanza. Tú eres el que necesita dejar Meca. ¡Pase lo que pase, lo reconstruiremos en el futuro! Pero no puedes dejar que te atrapen. Por favor, Carlos, déjame quedarme. Te lo suplico, déjame tomar la iniciativa. Lleva a John y a las concubinas contigo al Nuevo Edén. Es la única manera de liberarnos de la guerra.

—Está bien, Ledesna. Pase lo que pase, prometo que volveré a buscarte. No te perderé. Escucha atentamente, Ledesna: cuando lleguen, por favor entrégate a ellas para evitar más bajas. Te tomarán como rehén, pero yo vendré por ti.

—Gracias por tu lealtad. Antes de que te vayas, Carlos, dime qué hacer para ganar algo de tiempo. Quiero darles a todas en La Meca la oportunidad de escapar.

—Cuando tomen todas las torres y estén listas para tomar la puerta principal, quemen las puertas y amontonen las entradas con obstáculos para mantenerlos ocupados. Eso te dará algo de tiempo para sacar a la mayoría de aquí. Envíalas al noreste, hacia John. Probablemente estará en Bravo para cuando ellas lleguen a Victoria, pero, en dos o tres días como máximo, lo encontrarán ahí.

— ¿Bravo?

—Sí. Bravo. Tendrás algo de tiempo para relajarte un poco. Pasa esta información a quien envíes. Ledesna, cuídate.

—No te me mueras. Hasta volvernos a encontrar, amigo mío.

Destrucción

—Linda, Silvia, Caballero, ¿están listos? Vámonos. Tenemos que ir al laboratorio para recoger a las concubinas.

—Sí, Capitán.

—Cubre la puerta principal. Estos vehículos las llevarán allí, a la puerta. Todas. ¡Jesucristo, no! Tomaron la última torre. Olvídalo. ¡Rocía el combustible! ¡Quema la entrada y las paredes!

—¿Hablas en serio, Ledesna?

—¡María! ¡Sólo hazlo! Recuerda que nos comprometimos con Carlos y John. Ahora debemos proteger y asegurar su supervivencia. Pase lo que pase al final, recuerda que no fue en vano. ¡Cada vez que caemos, seremos más fuertes cuando nos pongamos de pie! Pase lo que pase al final, ¡recuerda todo lo que hemos pasado!

***

Ariana prevaleció, finalmente, en su asalto. Su ambición dio sus frutos hasta el punto de volverse ciega al sufrimiento de los demás.

—Comandante Ariana, tenemos todas las torres.

—¡Ella está luchando duro esta vez Ariana! Ya ha destruido muchas de nuestras tropas y tanques. ¡Esta no es la Lea con la que luchamos antes! ¡Tenemos que dar un último empujón para prevalecer!

—Definitivamente está siendo aconsejada por alguien experimentado en las artes de la guerra.

¡No te detengas! ¡Llévame a Vásquez! ¿Vásquez? Empareja a Harris y saca la puerta principal, tráeme a su líder.

—¿Cómo sabremos quién es?

—Créeme, lo sabrán.

—¡Apuntando a la entrada principal! ¡Fuego a voluntad!

—Lo hicimos, Ariana, ¡las puertas ya están abiertas!

—Por fin lo conseguimos.

—¿Estás lista, Vásquez?

—Por supuesto, lo estoy.

—Suficiente charla. Consígueme lo que quiero ¡de inmediato!

—¿Comandante?

—¿Qué pasa, Harris?

—¡El pueblo está en llamas!

—¿Podemos seguir adelante?

—¡No! Destruiríamos nuestros propios vehículos. No podemos arriesgarnos a perder más soldados o equipo.

—¿Cuánto tiempo más tenemos que esperar?

—Es difícil saberlo, pero esto puede durar, como máximo, una hora.

—¡Maldita sea! ¿Se hizo esto a propósito, o nuestros explosivos iniciaron el fuego?

—Parece hecho a propósito.

—¿Para qué, Vásquez?

—No lo sé.

***

Dentro del pueblo
—¡María!

—¿Sí, comandante?

—Saca a todos de aquí. Llévalos contigo al pueblo huasteco. Sigue a Carlos y lleva contigo a los demás. ¡Nadie más muere hoy! Vete ahora, hay poco tiempo. Todos, retrocedan al pueblo huasteco. ¡Ahora! ¡Es una orden!

—¡Sí, comandante!

¡La desesperación de Ledesna por salvar a su pueblo fue evidente cuando vio que no había forma de escapar! A pesar de que estaba dispuesta a sacrificar su vida por su pueblo, lo que vendría después pondría a prueba su integridad.

***

—Vaya, vaya, ¿qué tenemos aquí? ¿Quiénes son ustedes? ¿Qué están haciendo aquí en esta remota ciudad? Necesito acercarme. ¡Mmm, parece que están teniendo una ceremonia! ¿Qué podrían estar celebrando?

—¡Gente de Victoria! ¡Durante la última semana han ocurrido una serie de eventos! Los rumores se están extendiendo rápidamente de que hay hombres vivos. Han sido vistos por excursionistas y militares. ¡Sólo confirman que, de hecho, los hombres están vagando por esta tierra y están amenazados por Ariana! Además, escuchamos que John tiene una ruta en mente y que está viajando con una mezcla de personas a donde nadie ha llegado a pie. Entonces, en este mismo momento, están viajando al Nuevo Edén.

—Pero, ¿qué significa esto para nosotros?

—¡Este hombre es una amenaza para el mundo! ¡No lo necesitamos! Por lo tanto, he ordenado que se haga una búsqueda para traerlo a nosotros. Lo usaremos, y cuando terminemos con él, lo mataremos para eliminar la amenaza que es. ¡Ahora salgan y empiecen a buscarlo! ¡Traiganmelo vivo! ¡Maten a todos los demás!

—Mierda, ¿cómo pueden saber todo esto? Los rumores deben de haberse extendido. Será mejor que me vaya ahora.

***

—John está tardando mucho. Algo debe haber sucedido.

—¿Qué acabas de decir, Pérez? ¿Dónde está John? ¡Pérez, te hice una pregunta!

—John se fue, Lea.

—¿A dónde?

—¡Se fue a Victoria! Me hizo jurar que no lo diría, no pude detenerlo.

—Todos, empaquen. ¡Nos moveremos a Victoria!

—Pero, Lea, esa no es una buena idea.

—Deberías habérmelo hecho saber antes. Ahora la vida de todos está en peligro. ¡Todos, andando!

***

Cuando estaba corriendo para llegar a los demás, el portal se abrió de nuevo y me dio un mensaje con voz desesperada:

—¡John! ¡John!

—¡No, el portal otra vez!

—John, deja Victoria inmediatamente. Debes dirigirte a Bra... — el portal se cerró antes de decir hacia a dónde debía dirigirme en mi viaje, dejándome a la espera una vez más.

***

—¡Lea! ¡Pérez! ¡Tenemos que irnos ahora!

—¿Qué pasó?

—Ahí están. Atrápalos.

—¡Los aldeanos están llegando! ¡Corre hacia el río ahora!

—No los dejes escapar. ¡No hay a dónde ir!

—Estamos atrapados en la cornisa del río. ¿Qué hacemos?

—¿Qué hacemos?

—Pérez, Lea, ¿están conmigo?

—Sí, ¿por qué?

—¡Saltaremos al río! ¡Es una orden!

Todas gritaron de terror sin saber qué les esperaría río abajo.

Cuando saltaron de la cornisa al río para escapar de las manos de los aldeanos de Victoria, nuestro destino estaba a punto de cambiar para siempre.

***

Cuando Carlos llegó a la aldea huasteca no sabía que recibiría una noticia que no lo pondría nada contento.

—Estamos aquí, Carlos.

—Busquemos a Maya.

—No pierdas el tiempo. Se fue con todos los demás.

—Abigail, ¿qué pasó?

—Ella tomó a las concubinas y a cien guerreros de La Meca. Me dijo que te dijera que la perdonaras, y que no la siguieras.

—¿Pero, por qué? ¿Después de todo lo que pasamos?

—Ella dijo que estará a salvo y comenzará de nuevo en una tierra lejana.

—¡Mierda! John no estará feliz.

—Lo sé.

—¿A dónde vas?

—Ledesna, ¿qué estás haciendo aquí? ¿Por qué dejaste Meca?

—Ariana tomó el pueblo de Meca.

—Respóndeme ahora: ¿qué pasó?

—Carlos, por favor perdóname. Te lo suplico. No soy lo suficientemente valiente para luchar.

—No me das otra opción, Ledesna. Viaja a Bravo, ponte en contacto con Jimena. Toma esta radio y reúnete con ella. ¡Por favor, dile que la amo mucho!

—¡Carlos, no hagas esto!

—¡No tengo otra opción que irme ahora! ¡Eso es una orden! ¡Fuera! ¿No escuchaste mis órdenes? Vete.

Con el alma destrozada, Ledesna huyó con todos los soldados hacia Jimena, sabiendo que Carlos estaba a punto de tomar una decisión difícil.

A medida que pasó una hora, lo que sucedió después cambió los planes de Carlos.

***

—Ledesna, ¿qué estás haciendo aquí?

—¿Dónde está Carlos?

—¡Jimena, lo siento!

—¡Carlos! No...

***

—Mierda, Carlos. ¿En qué te has metido? Aquí estoy hablando conmigo mismo de nuevo. ¿Es esto lo correcto? ¡Vamos a pensar! ¿Qué hay de Jimena y John? John es nuestro sujeto más importante. ¿Qué haría? ¡Mierda, tengo que detener a Ariana!

—Comandante Ariana, el fuego se ha disipado, estamos en la aldea, pero todos se han ido. Usaron el fuego para ganar algo de tiempo.

—Mira, Vásquez. ¿Quién es la sombra que sale de entre el humo? ¿Es un hombre?

—No, no puede ser.

—¿Quién es, Vásquez?

—Es un viejo amigo de alguien que conozco.

—¡Soy John Peters, comandante de los mecas! Me rindo, Ariana.

—Luchaste duro, John. Es un honor para mí conocerte finalmente. ¿O debería llamarte "el último hombre"? — rio Ariana con alegría —. Nadie vendrá a ayudarte — volvió a reírse incontrolablemente.

Carlos susurró en voz baja:

—Por favor, perdóname, John. Por favor, perdóname, Jimena.

CONTINUARÁ

Gracias por su apoyo. Este es mi primer libro, pero no el último. Espero que les guste. Me gustaría ser un escritor famoso.

Gracias de nuevo.

www.ingramcontent.com/pod-product-compliance
Lightning Source LLC
Chambersburg PA
CBHW071201260626
47162CB00003B/1133